天外遊戯

ミズサワ ヒロ

小学館ルルル文庫

天外遊戯《てんがいゆうぎ》
人物紹介
華山
かざん
霊元山《れいげんざん》の頂《いただき》を塒《ねぐら》とする大妖。燃えるような赤い髪に琥珀色の瞳。長身で野生的な美丈夫。永劫の時を生き、常に退屈を持て余している。
翠簾
すいれん
長い黒髪に左右で色の違う瞳。花も恥じらう美貌を持った仙女。善良で温厚な仙女の鑑のような外面に反し、本性は出世にこだわる俗物。

西王母
せいおうぼ
仙人の住む仙境《せんきょう》を統べる仙女で、玉帝の妻。長い白髪に乳白色の双眸を持った、幼子のような外見をした貴人。
白秋
はくしゅう
月豫国《げつよこく》・阿南の街の薬師。穏やかな青年。
小喬
しょうきょう
白秋の弟子。元気で前向きな少女。
顕聖二郎真君
けんせいじろうしんくん
翠簾の師。天界の主・玉帝《ぎょくてい》の甥で、西王母の外甥にあたる仙人。華やかな美貌を持つ洒落者。

目次

イラスト／高星麻子

天外遊戯

序章

岩肌が露出する足場の悪い道を、少女が一人、歩いていた。

行商の荷らしき絹織物を籠《かご》いっぱいに背負い、びくびくとした足取りで時折、背後を振り返っては安堵《あんど》と恐怖の入り混じったため息をもらす。

整ってはいるが、どちらかというと印象に残りにくい地味な顔立ちで、ふんわりとした薄紅色の衫《上着》や、厚地の黄色い裙《スカート》の上からでもわかるほどに痩《や》せていた。

辺りはすでに暮れゆく夕日で真っ赤に染まり、少女の他《ほか》に人っ子一人いない。周囲を大小の岩々に囲まれ、荷台がようやく二つ並んで通れる広さの道は完全な一本道——盗賊などに襲われたら、それこそ一巻の終わりだ。しかも、最近ではこの道に妖魔《ようま》が出るという噂《うわさ》があった。

けれど、この先にある蔡陵国《さいりようこく》に行くにはここを通るしかない。少女が怯《おび》えながらも決して歩みを止めないのは、夜になる前になんとか蔡陵国に着きたいからだろう。

いよいよ太陽が西の空に沈もうという頃《ころ》——少女が何かに足元を取られ、つまずいた。

「——ちょウだイ」

少女の耳に、低くしゃがれた声音が届く。はっと身を強張《こわば》らせた少女が、おどおどと周囲を見まわす。だが、岩場に覆われた道が広がっているだけだった。

「だ……誰《だれ》……？」

今にも泣き出しそうなか細い声で少女が問う。そして、恐る恐る自分の足元へ視線を下げる。直後、声にならぬ叫び声を上げた。

少女の剝《む》き出《だ》しになった白いくるぶしを、岩肌と同じ色の指ががっちりとつかんでいたのだ。明らかに人のものではないその指は、夕焼けに赤く染まった地面から不気味な植物のように生えていた。

「嫌っ……!!」

青ざめた少女が震える身体で、懸命に岩のような指を振り払い、逃げようとする。だが、恐怖のあまり足がもつれて前につんのめってしまった。少女がひねった足首を抱えて、その場にうずくまる。

それを見計らったように、岩のような皮膚をした手が突き出している周囲の地面が弛緩《しかん》した。その裂け目から、まるで地の底から生まれ出《い》でるように妖魔が姿を現す。

ごつごつとした灰褐色の岩をまとった妖魔は、少女の身の丈のゆうに五倍はあった。二つの暗い穴蔵のような両目が少女をじいっと見つめる。

「おまエの、ニくヲちょウだイ」

「………」

少女は最早《もはや》、声もなく、ガタガタと震えていたが、必死に頭《かぶり》を振る。

「ジャあ、きめタ。おまエ、まルのみニすル」

ぱかっと開いた妖魔の口には、岩で出来《でき》た牙《きば》と柔らかそうな果肉色の舌があり、少女を待ちわびるように蠢《うごめ》いていた。

その瞬間、少女の顔つきが変わった。

怯えと恐怖に彩られていた双眸《そうぼう》が、強い意志の光を持ってぐっと吊《つ》り上《あ》がり、青ざめていたはずの頬《ほお》に、悠然とした笑みが浮かぶ。

「――崋山《かざん》、今よ」

先ほどまでのか細さを微塵《みじん》も感じさせない凛《りん》とした声音で、少女が告げる。

「外側はとっても硬いみたいだけど、口の中はどうかしら?」

そうひとりごち、少女が吊り上がり気味の瞳《ひとみ》を細める。

次の瞬間、妖魔の唯一柔らかな口内を風の刃が穿《うが》った。牙が粉々に砕かれ、妖魔の口の奥から後頭部にかけて丸い風穴が空く。一足遅れて断末魔の叫び声を上げた妖魔が、濁った土砂のような体液を吐き出し、その場に崩れ落ちた。

「やっ、汚っ!」

少女は自身の頭上に降り注ぐ妖魔の体液を避け、俊敏な動作で背後に飛ぶと、燕《つばめ》のように宙で優雅にくるりと一回転し、近くの岩場に着地した。

その——それこそ瞬《まばた》きをするほどわずかな間に、少女の姿が一変した。

どんな術を使ったのか、薄紅色の衫《上着》と黄色の裙《スカート》は、淡い銀色の道服——仙人やその見習いである道士が身につけるすらりとした動きやすい衣服へと、彼女が背負っていた籠は、三叉《みつまた》の大きな刀へと変わっている。

何より、その容貌《ようぼう》が激変していた。

岩場に佇《たたず》む少女は、今までの地味でおとなしい風貌《ふうぼう》から一転して、誰もが目を奪われるような美貌《びぼう》を湛《たた》えている。鼻梁《びりょう》の細い鼻は女らしい控えめな高さで、その下できゅっと結ばれた唇はほんのりと赤く、花蕾《からい》のように可憐《かれん》だった。殊に印象的なのはその大きな両目で、左右でわずかに色みが違った。黒い玉石のようにきらめく右目に、薄い灰色を帯びた左目——それがなんとも歪《いびつ》で、美しかった。

「ふう……危ない、危ない」

ドロドロとネバついた体液の直撃を避けた少女は、思わずというように安堵のため息をもらすと、一転、

「コラぁ!!　崋山！」

と、眉間《みけん》にしわを寄せた顔で背後を見やった。

すると、少女以外誰もいないはずのその場所に、額に金の輪っかを嵌《は》めた一人の男が姿を現す。

崋山と呼ばれた男は、遥《はる》か西の果てから来た胡人《こじん》のように背が高く、褐色の肌に漆黒の道服をまとっている。肩まで伸びた髪は燃えるように赤く、眼尻《めじり》に深い陰影を含んだ切れ長の双眸は月の光を閉じ込めたような薄い琥珀色《こはくいろ》をしていた。

「なんだ？　翠簾《すいれん》。礼か？」

少女へと視線を上げた崋山の右手には、今しがた妖魔の口内に風穴を空けた大きな槍《やり》が握られている。

見上げるような長身の男と同じ長さのその槍は、上下どちらにも穂先がついている——いわゆる双頭槍であった。いかにも無骨な作りの槍で、柄の部分に細工の一つもない。だが、それ故、彼の大きな手にしっくりとなじんでいた。

「礼なわけないでしょ！　てか、もうちょっと、別の方法なかったの？　あやうく、頭から妖魔の中身を被るところだったじゃない！」

岩の上で偉そうに腕を組んだ少女・翠簾が、ぷうっと頰を膨らませる。後宮の美姫《びき》にも見られぬほどの美貌に反し、かなり口が悪い。その怒った顔に、崋山がにべもなく告げる。

「仙女のくせに、一々、うるせえ女だな。かからなかったんだからいいじゃねえか」

「そういう問題じゃないでしょ！」

崋山はまるで取り合わず、槍を持っていない方の左手で前髪を後ろに掻《か》き上げた。

「まあ、仮にかかったところで、俺《おれ》のおまえへの愛は変わらないから安心しろ」

「そういう問題でもないの！　そもそも、何が愛よ！」

バッカじゃないの、と翠簾が呆《あき》れたように告げる。そして、岩場からぴょんと飛び降りると、「そんなことより」と崋山の左手をぐいっと引っ張った。

「こっちはどう？　ちゃんと増えた？」

崋山の日に焼けた甲には、『九九八』という数字の文身《いれずみ》が刻まれている。まるで血で刻まれたようなそれが、少女の視線の先で『九九九』に変化する。

「やった！」

と翠簾が喜ぶ。そして、感慨深げにつぶやいた。

「九百九十九個めは、逃げ場のない一本道で人々を襲う妖魔を退治かぁ。これで、あと一個で残り二百個ね………長かったわ」

まさか、十年もかかるなんて、と少しばかり遠い目になる。

「千個で十年ってことは、あと二年はかかるな」

崋山が端正な顔に意地悪そうな笑みを浮かべて告げる。

「いや、もっとかもしれねえぞ。なんせ、これを付けたババァは性格がねじくれ曲がって、いっそ崩壊してるからな」

どんな落とし穴があることやら――とうそぶく崋山に、思い当たる節のある翠簾が一瞬、ぎょっという表情になる。だが、すぐに気を取り直したように、ふんと鼻を鳴らした。

「この十年でだいぶ慣れたもの。二百ぐらい、どんな落とし穴があったって、あと半年もあれば余裕よ」

偉そうに道服の下の薄い胸を張る。

「へえ……おまえ、そんなこと言っていいのか？」

「え？」

翠簾の大見栄に崋山の笑みが更に深く、性悪になる。腰を折って屈《かが》み込むように近づいてきた崋山の顔に、翠簾がうろたえる。

「な、何よ……ってか、顔近い」

「あと半年でこの旅が終わりってことは、おまえの命もあと半年ってことなんだぜ？」

思わせぶりな口調で告げ、崋山が翠簾の小さな顎《おとがい》を乱暴に持ち上げる。自身の額に嵌まった金色の輪っかをもう一方の手でトントンと叩《たた》いて、いやに扇情的に告げた。

「言っておくが、この忌々しい緊箍児《きんこじ》が外れたら、俺は真っ先におまえを喰《く》らうぞ」

「………」

崋山が薄い唇を開くと、獰猛《どうもう》な犬歯がのぞいた。その奥から、真っ赤な舌がのぞく。それだけで端正な容貌が格段に粗野に、荒々しくなった。

「おまえは俺のものだ」

呪文《じゅもん》のように崋山が告げる。その時だけ、鋭い目つきが例えようもなく甘くきらめく。

それに、翠簾が魅入られたように息を呑《の》む。

「もう、印もつけ終えてるしな」

長い爪《つめ》の先で翠簾の首筋に触れ、覚えてるぜ、と崋山がその耳元に熱っぽくささやく。

「——おまえの肌《ここ》の味」

「……………なっ！」

思わず崋山の醸し出す妖《あや》しい色香にぐらりとしかけた翠簾が、最早、唇が触れ合うほどに近づいてきた顔を両手で無理やり押しのける。

そして、人差し指をびしっと崋山の鼻先に突きつけ、威勢よく啖呵《たんか》を切った。

「喰えるもんなら喰ってみなさい！　でも、肉の一片になろうと、ただじゃ死なないわよ！アンタの腹の中でさんざんに暴れてやるんだから!!」

いーっと舌を出して見せる翠簾に、違うな、と崋山がせせら笑う。

「俺がおまえの胎の中でさんざんに暴れるんだ」

「……………!!」

翠簾は、最初、崋山の言っている意味がわからず、きょとんとしていたが、その意味に思い至るや、かあっと耳の先まで赤くなった。

「こ……この色魔っ!!　アンタなんか、知るか！　このバカ!!　ケダモノ!!」

上ずった声で崋山を罵倒《ばとう》し、顔も見たくないというように彼に背を向け、ずんずん進んで行く。その背中をニヤニヤと見つめていた崋山が、ふと思い出したように告げる。

「そういや、いいのか?」

「何がよっ?」

翠簾がキッと肩越しに男を振り返る。その顔はまだほんのりと赤い。片や、崋山は憎たらしいほど平然とした顔で、ソイツらだよ、と翠簾の胸元を指さした。

それに翠簾が「あ……」っという顔になる。慌てて懐に右手を入れ、手のひらにちょんと収まるほどの玉を取り出した。

「《疾《ちっ》》!」

と、術を行使する際に放つ掛け声をかける。たちまち宙にふわふわと浮かび上がった玉から、まばゆいばかりの閃光《せんこう》が放たれる。すると、中から十人ほどの若い男女と一人の老夫が現れた。

一同はしばらくぼおっと——それこそ夢うつつのような表情をしていたが、道の真ん中に倒れている妖魔を見つけ、はっと夢から覚めた。その後で翠簾の姿を見つけると、ぱっと平伏した。彼らは、この道に出没する妖魔の噂を聞き、立ち往生していた流れの技芸一座の者たちである。

二日前に出会い、翠簾が仙女であるとわかると、どうか自分たちを無事、蔡陵国まで送り届けて欲しいと懇願してきた。それならば、いっそその妖魔を誘い出して退治するか、ということになったわけだ。

「仙女様！　なんとお礼を申してよいやら……」

座長らしき老夫が天を仰ぐように翠簾を仰いで告げる。

「ああ、御老人。礼などよいのです」

翠簾は崋山と二人でいた時とは別人のように善良で温厚な笑みを浮かべ、いかにも慈しみ深い動作で老夫を助け起こした。

「そんなことより、そなたたちを危ない目に遭わせては、と結界などに閉じ込めておいて、すみませんでした。不自由はなかったですか？」

「不自由など……まるで母の腕《かいな》に抱かれている時のように、安心しておりました」

老いた眼《め》を細め感謝の意を告げる老夫に、翠簾が「そうですか」と慈悲の権化のような笑顔で肯《うなず》いてみせる。

「残虐な妖魔はわたくしどもが退治いたしました。安心して旅をお続けなさい。どうか、その巧みな楽や舞いで人々の心を楽しませ、この混沌《こんとん》の世を少しでも明るくしてください」

「仙女様……もったいのうございます……」

翠簾の白魚のような手をぎゅっと握りしめ、老夫が感極まって涙を流す。その背を撫《な》でて慰める孫娘もまた、尊敬と思慕の入り混じった眼差《まなざ》しを翠簾へと向けた。

先ほどまでとのあまりの変わりように、さすがの崋山も呆気《あっけ》に取られたように翠簾の耳元にささやく。

「──おまえは、仙人より役者のが向いてるな」

「………」

「いや、詐欺師だな。詐欺師。天職だ」

翠簾は老夫とその孫娘に向かって慈愛に満ちあふれた眼差しを向けたまま、眼にも止まらぬ早業で崋山の脛を蹴《け》り、素早くそれを黙らせたのだった。


「あー、肩が凝った」

蔡陵国に入って一座の者たちと別れると、翠簾は途端に荘厳で清らかで慈しみ深い仙女の顔から、まったくもって俗物な顔に戻ってうめいた。

「仙女らしく振る舞うって面倒なのよねえ。昔はもっと楽に出来たんだけど、この十年、アンタといることが長かったせいかしら？　あー、くたびれた」

丸めた手で翠簾が自身の肩をトントンと叩く。そして、酒家らしき家の軒下に置かれた巨大な甕《かめ》を見つけると、遠慮なくそこにひょいと腰かけた。銀色の布地で出来た靴《くつ》を子供のようにぶらぶら揺らしている。

周囲はもう暗く、新月の晩のせいか人通りもないので、人目を気にする必要はないものの、あまりに仙女らしからぬ振る舞いである。隣で呆れている崋山を見上げると、下僕に命ずる女主人のように言い放った。

「ねえ、崋山。ちょっと、肩揉《も》んで」

「調子に乗るな、アホ」

矜持《きょうじ》を踏みにじられたように眉《まゆ》をひそめ、崋山が翠簾の可愛《かわい》らしい頭を叩く。痛い、と翠簾は怒った。

「第一、そんな貧相な胸で肩が凝るか」

「なっ、胸は関係ないでしょ！」

痛いところをつかれた翠簾が、ぐっと返す言葉に詰まった顔で崋山をにらむ。

「だいたい、誰《だれ》のせいだと思ってんのよ？」

「おまえの胸が可哀相《かわいそう》なのは俺のせいじゃねえよ」

両手で胸の前辺りを隠すようにしている翠簾に視線をやり、崋山がせせら笑う。

「違うわよ!!　っていうか、可哀相って何よ!!」

更なる激昂《げきこう》を愉《たの》しげに見やり、崋山が翠簾の頭をポンポンと幼子にするように叩く。

「まあ、安心しろ。俺が人並み以上に育ててやる」

「!!」

翠簾の中でプチンと何かが切れた音がする。直後、その白い喉《のど》から妙に間延びした経が発せられた。途端に、崋山が顔を歪《ゆが》め、頭を抱えてその場にうずくまる。

闇夜《やみよ》に彼の荒い呼吸と、押し殺された悲鳴、そして不気味な経が木霊《こだま》する。

「早く……その経を止めろ……」

崋山が苦悶《くもん》の表情でうめく。

「フンだ。ざまあみなさい」

翠簾が小憎たらしい口調で告げ、経を止める。——と、ほどなく崋山が頭から手を離した。

未《いま》だその場にうずくまったままの崋山に翠簾が、この十年、もう百万回は口にしたことを告げる。

「仙女であるこのあたしが、あまつさえ足を棒のようにして下界を歩きまわっているのも、やれ子守りだ、やれ妖魔《ようま》退治だと、繊細な身体を酷使しているのも、みぃ～んな、アンタのせいなんだからね？　そこんとこ、よぉーく考えて不埒《ふらち》な言動をつつしむこと。わかった？このバカ妖魔」

そこで一旦言葉を止めると、翠簾は無念そうに天を仰いだ。

「まさか、仙境で出世街道を邁進《まいしん》していたこのあたしが、下界に放逐《ほうちく》されるだなんて——」

悔しそうに花の蕾のような唇を噛《か》みしめる。

——両者の数奇な出会いは、今から十年前にさかのぼる。

第一章　邂逅《かいこう》──十年前──

　仙人の住まう仙境《せんきょう》──その西の外れにある広大な果実園の執務室と、その前方の廊下には、今朝がたから不気味な笑い声が木霊し、そこで働く女官たちを畏《おそ》れさせていた。

「……うふふ……いよいよ明後日ね」

　思わずこぼれてしまうというように、ニンマリとほくそ笑んでいるのは、この果実園の管理者・翠簾である。

　ほっそりとした痩躯《そうく》を銀色の道服で包み、長い黒髪を高根で一つに縛り、ところどころに花をあしらって足元まで垂らした姿で、執務用の文机に備えられた背もたれつきの椅子《いす》に深く腰掛けている。

「長かったわ……ホント、長かった」

　翠簾は今朝もいだばかりの桃を手のひらに乗せ、そっと頬《ほお》ずりする。桃特有の赤子の肌のような産毛がくすぐったく、思わず生唾《なまつば》を飲み込みたくなる甘酸っぱい香りがなんともいえない。

「どう？　この出来《でき》。形、色、艶《つや》、香り。どれをとっても一級品でしょう？」

　翠簾が先ほどから語りかけている相手へ、赤々と熟した桃を掲げて見せる。

——だが、その先には誰もない。

あるのは壁に立てかけられた大きな鏡である。整然と片付けられた室内には驚くほど物がなく、その中で、この巨大な鏡が一際異彩な存在感を放っている。

そこに閉じ込められた何者か……がいるわけではなく、透き通るように美しく磨かれた鏡に映っているのは、桃を掲げ自慢げに笑む翠簾自身であった。

「なんせ、この八百年の間、精根こめて育て上げたのだから」

翠簾はそう言うと、桃にそっと口付けしてみせた。

「ねえ、この立派な仙桃を見たら、西王母《せいおうぼ》様はきっと満足してくださるわよね？『よく務めたのう。翠簾』とか、直々にお声をかけてくださったりして」

鏡の中の自分に向かってキャッキャと告げる。一見、虚《むな》しい行為だが、本人は実に愉しそうだ。

西王母というのはこの仙境を統べる仙女のことで、いってしまえば、仙人界の顔役《ボス》である。しかも、彼女の夫は神々の住まう天界の支配者・玉帝であるのだから、その権力たるや絶大だ。

ここはそんな西王母お気に入りの庭で『蟠桃園《ばんとうえん》』と呼ばれている。翠簾はここで、三千年に一度実をつけ、西王母の生誕祭の折に祝いの酒と共に捧《ささ》げられる仙桃を育てていた。

「もしかしたら、明後日の宴席に呼ばれるかもしれないわ……西王母様の生誕と共に仙桃の収穫を祝う蟠桃会《ばんとうかい》――めくるめく権力者たちの宴へ……権力……出世……ああ、素敵」

翠簾が胸に桃を抱きしめ、うっとりと告げる。鏡の中の彼女もまた、桃を抱きしめ、うっとりとしている。

「そこで上手《うま》く立ち振る舞えば、今より更に上の官職につけるはず……いえ、つくのよ！」

最後はきっぱりとそう告げ、再び鏡の中の自分へ視線を向けると、桃を文机の上に置き、椅子を立ってそっと近づいた。口元にあった笑みは消え、ひどく真摯な顔をしていた。

「——見ていて。きっと、もっともっと出世してみせる。偉くなって、仙境にその名を轟《とどろ》かしてみせるから」

つぶやき、鏡にそっと指を這《は》わす。鏡の中の翠簾もまたこちらに向けてそっと指を這わし、真摯で、どこか苦しげな顔をこちらへ向けている。

「そうしたら……私を……――」

鏡の中の己の両目をじっと見つめる。鏡の中からこちらを見つめる両目は左右で微妙に色が違う。まるで、水面に映った己を眺める睡蓮《すいれん》の花のように美しく、それでいて、いやに淋《さび》しげな光景だった。

その時、天を突くような悲鳴と共に年若い女官が転がり込んで来た。

「た、大変で……ございま……す……!!」

翠簾は慌てて鏡から手を離すと、一瞬で落ち着いた威厳ある表情を作り、床にはいつくばって息をついている女官の元へ歩み寄った。

「どうしたのです。そのように大声を上げて。はしたないですよ」

と上官らしくたしなめる口調で告げ、起こしてやる。

背が低くふくよかな身体付きをしたその女官は、そんな場合ではない、というように小さな頭を左右に強く振って見せた。ここまで全力疾走してきたのか、息が小さな獣のように荒い。肩が忙《せわ》しなく上下し、ほとんど口で息をしていた。

どうにか声が出せるようになった女官が、青ざめた顔を上げ、桃、と苦しげに告げる。

「!!」

その言葉を耳にした途端、翠簾の顔からもさあっと血の気が引いた。

「よ……妖魔が……せ、仙桃を………」

そこまで聞けば充分だった。

白い顔を更に陶器のように青ざめさせた翠簾は、女官から腕を離すと、執務室の壁に立てかけてある切っ先が三叉《みつまた》に分かれた大きな刀――〝三尖刀《さんせんとう》〟をつかみ取った。そのまま執務室を飛び出し、長い回廊を駆け抜けて宮の外に出る。

宮の外には、桃以外の茘枝《ライチ》や蜜柑《ミカン》など色取り取りの果実が生《な》り、芙蓉《ふよう》や牡丹《ぼたん》といった祭事の際に仙境や天界を賑《にぎ》わす美しい花々が咲き誇っている。

翠簾は木々の間に作られた手入れ用の小路を、園の中央へと走り始めた。

彼女たちの住まう宮は蟠桃園の一番奥にある。園内は大きく外部と内部に分けられており、かの仙桃――翠簾が八百年もの間、大切に育ててきた桃――は内部の中枢にある。

風を切るような速さで蟠桃園の深部へと駆けつけた翠簾が目にしたのは、無残にも実を取り尽くされた木々と、なす術《すべ》もなく遠巻きにおろおろと手を揉みしだいている女官たち。

そして、その下でふてぶてしくふんぞり返っている妖魔の姿だった。

長く尖《とが》った耳、褐色の肌にところせましと刻まれた蛇のような文身《いれずみ》、見上げるほどの長身といかにも妖魔然とした黒く長い鉤爪《かぎづめ》――。今朝方、念入りに数えて丁度、千二百あったはずの赤く熟した実が、すべてあの腹の中に消えたわけだ。

（ア……アイツが……西王母様の仙桃を……）

わなわなと震える手で、翠簾が師父から譲り受けた三尖刀を握りしめる。

（あたしの……出世が……輝かしい未来がぁ……）

怒りのあまり憤死しそうになっている翠簾の姿を捉《とら》えることなく、妖魔は腹が膨れるまで桃を食べて満足したのか、怯《おび》える女官たちをからかって軽く脅すと、いかにも傲岸不遜《ごうがんふそん》な態度で小さな雲に乗り、立ち去って行った。

「クソ妖魔め、逃がすかっ！　腸をかっ捌《さば》いて細切れの肉片にしてやる！」

憎しみを込めて獣のようにうなった翠簾が、自身は風に乗ってその後を追う。

「今の……翠簾様じゃ……？」

せていた。

その場に取り残された女官たちは、今しがた、物騒な台詞《せりふ》をわめき、恐ろしい形相で疾風のように飛んで行った人物が、自分たちの上官とはにわかに信じられず、ひたすら眼を瞬かせていた。

「ねえ…………」

「まさか……」

※

「美味《うま》かった。さすがは、あのごうつく西王母《ババア》が溜《た》め込んでた桃なだけはあるな」

妖魔・崋山は、仙境の東端にある霊元山の頂《いただき》で雲を降りると、彼の塒《ねぐら》である洞窟《どうくつ》に戻った。洞窟の奥に湧《わ》いている冷たいわき水をすすり、寝床として使っている岩場に横たわる。

「しかし、さすがに食い過ぎたな……」

そもそも、蟠桃園に赴いたのは桃が目的ではなかった。いつものことながらひどく退屈していた彼は、仲間内の噂《うわさ》で聞いた蟠桃園の管理者を見に行ったのだ。

この管理者というのが、有能で温和で実直、その上、まばゆいばかりの美女なのだが、実のところは、とんだ俗物で立身出世に意地汚く、しかも、執務室にバカでかい鏡を置くほどの自己愛者《うぬぼれや》であるという。

どれほどの御面相《ごめんそう》かと、意地の悪い笑いを浮かべ園に着けば、丁度、収穫時期を迎えた仙桃がたわわに実り、女官たちの白い指であたかも宝物のように大切にもがれている。ここに来て、彼は目的を変更した。

舌がとろけるような桃を山のように食べ、取り澄ました女官たちを怯えさせ、とりあえず満足したので帰って来たわけだが、再び、多大な退屈が倦怠感《けんたいかん》と共に襲いかかってきた。

「うぬぼれ女の方も見てくりゃ良かったかな」

つまらなそうにそうひとりごち、岩の上で崋山がごろりと寝返りを打つ。このまま一眠りでもするか、と目を閉じかける。

すると、何故《なぜ》か腹部にぎゅっと圧力がかかった。

訝しげな視線を己の身体へ向けると、崋山の腹の辺りに粘土状になった土が巻きついている。仙人がよく使う土遁《どとん》の術だ、と認識した途端、先刻とは比較にならぬ力がかかった。まるで雑巾《ぞうきん》でも絞るように己の身体をねじられ、激怒した崋山が、妖力を一気に解放させ、力任せに術を破る。

そうして、薄暗い洞窟内《どうくつない》に響くような低音で恫喝《どうかつ》した。

「誰だ。ふざけた真似《まね》しやがって」

「クソ妖魔め。ふざけた真似をしたのはどちらだ」

「あ？」

声は洞窟の入り口から聞こえてくる。

崋山が鋭い視線をそちらに向けると、そこに立っているのはなんとも可憐《かれん》な少女だった。花さえもその美しさの前では、己を恥じて萎《しお》れてしまうのではないかと思われるほどの美貌《びぼう》を持った少女が、何故か憤怒の形相でこちらをにらみつけている。さしもの妖魔も、その常軌を逸した美しさに見惚《みほ》れた。

が、すぐにこの女が自分を雑巾のように絞ったことを思い出し、不機嫌ににらみつける。

「てめえは、どこの誰だ」

「貴様が今まで居た蟠桃園の管理者・翠簾だ」

崋山の眼光が効かないのか、少女・翠簾は堂々と名乗った。その名を聞き、崋山が少しばかり驚いたようにつぶやく。今まさに考えていた人物が目の前にいるのだ。

「……おまえが例の」

崋山がまじまじと翠簾を見すえる。

翠簾は片手に抱えた大ぶりな三叉の刀を握りしめ、忌々しげにうめいた。

「何が『例の』だ！　この下劣で卑しい妖魔めが……!!　よりにもよって、西王母様の桃を盗むなど……!!」

「この野郎――」

言わせておけば、と崋山がその場に立ち上がり、再び翠簾をにらみつける。両者の身長差はちょうど頭二個分ほどあるが、翠簾はひるむ様子もない。

「師父から授かりしこの三尖刀にてその腹をかっ捌《さば》き、消化前の桃を取り出してやる!!」

ことうもあろうか、仙女にあるまじき暴言を吐いて襲いかかってきた。

これが女のものかと思うほどの力で三叉の刀――三尖刀を振り下ろす。その勢いに大気が震え、刃が空を切る独特の音を奏でる。

むろん、崋山はなんなくそれを避けた。――避けたのだが、内心ひどく狼狽《ろうばい》していた。彼にとっての女とは常に従順で、甘えた声で媚《こ》びへつらう以外、能のない生き物だった。

「おまえ、ホントに女か?」

一瞬にして翠簾の間合いに入ると、改めてその美しい姿を見やる。鮮やかな銀色の道服をまとった相手の上半身へ視線をやった途端、ああ、と納得した。真っ平らの胸に触れる。

「なんだ、やっぱり男じゃねえか。紛らわしい」

「!!」

一瞬、呆気《あっけ》に取られた表情になった翠簾が、一気に真っ赤になり、それから怒りのあまり青ざめた。細い肩がガタガタと震えている。

「………誰が……男だ」

そうかすれた声でつぶやくと、翠簾はほとんどむしり取るような勢いで、道服の上着の前を開けた。真っ白な肌に細い紅布をぐるぐると巻きつけたその下には、確かにわずかなふくらみがある。

「貧道《わたし》は女だ。下郎め」

「…………」

あまりのことに呆然《ぼうぜん》となった崋山が、思わず「小せえ……」とつぶやく。すると、翠簾の顔が今度は真っ赤に染まった。震える声で告げる。

「どこまでも……この身を愚弄《ぐろう》する気か……」

「はあ？　小せえから小せえと言っただけで……いや……うん、今のは俺《おれ》が悪かった。すまん。おまえは立派な女だ。元気出せ」

「っ！　妖魔のくせに、変な気を遣うな!!　励ますな!!　余計、傷つくわ!!」

怒鳴った翠簾が、紅布と胸の間から短冊のような白い紙切れを取り出す。

（呪符か——？）

崋山が両目を細める。翠簾はそれを地面に投げ捨て、その中央に三尖刀を突き立てた。一瞬だけ目にすることが出来た呪符の表層に『雷』の文字が見えた。

「!!」

「《疾《ちっ》》！」

翠簾が叫ぶのと、本能的に危機を察した崋山が遥《はる》か後方に飛び退《との》くのと、ほぼ同時だった。

直後、三尖刀から発された雷が、今まで彼が居た位置を直撃する。薄暗い洞窟内に雷鳴が轟き、視界に青白い光が満ちる。

しかし、その視覚の奪われた状況で尚《なお》、翠簾は穂先を繰り出してきた。

「チッ……」

舌打ちした崋山が感覚だけでそれを避けるが、左の頬にわずかな感触があった。風がかすったような代物で痛みはなかったが、指を這わすと、うっすらと赤い血がついてきた。

ぼんやりと戻っていく視界に、三尖刀を構えた翠簾が怒りと憎しみでギラついたまなざしで崋山《じぶん》をにらみつけている姿が映った。その三つに分かれた穂先の一つに赤い血がついている。己の血だとわかるまで、しばらくかかった。

（この俺が……女に………）

突如、崋山の内部に湧き上がってきたのは、怒りでも恥辱でもなかった。

猛烈な——食欲だった。

喰《く》いたいと思う。この美しく、奇怪で、勇ましく、直情的で、不遜《ふそん》な、愛らしい、わけのわからない女を今すぐに喰らいたいと思った。それはいっそ飢餓にも似た思いで、一瞬の内に崋山は翠簾の細い肢体をその場に組み敷いていた。

「く……っ……」

翠簾が懸命に崋山の腕の中でもがく。

「離せ……下衆な妖魔め……」

油断があったとはいえ自分に初めて血を流させた女。こうして力ずくで自由を奪われて尚、畏れげもなく、怒りに満ちた眼差《まなざ》しを自分に向けてくる女――。

その双眸《そうぼう》はよく見ると左右でわずかにその色みが違った。黒曜石のような右目に対し、左目はかすかに灰色がかった薄い色合いをしている。視力が極端に弱いのか、ほとんど動かない。

その歪《いびつ》だが底抜けに美しい瞳《ひとみ》を見下ろしている内に、ただ純粋な食欲であったはずのそれに異物が混入した。

(なんだ、これは……)

深紅の前髪の下で崋山が片眉《まゆ》ひそめる。

今、この場でこの小鳥のように細い首を絞めたいと思う反面、やさしく抱きしめたいとも思う。熟れた果実よりも赤いその唇を嚙《か》みちぎってしまいたいと思いながら、幾度となく口付けを降らせたいと思う。真っ白な肌の下に流れる血を飲み干したいと切望する一方で、この白い肌を己の情欲で汚したいと熱望する。

己で己が抑制出来ない。こんなことは初めてだった。

何より、驚くべきことに今、彼は退屈していなかった。先ほどからこの女のことばかり考えている。あれほど執拗《しつよう》に崋山を蝕《むしば》んでいたあの忌まわしい代物が、この女と出会った途端、どこぞへ消え去ってしまった。

崋山はふいに自分で自分がおかしくなり、それから場違いなほど愉快な気分になった。薄い唇の端を歪《ゆが》めて、笑みのような表情を作る。

「変な女だな」

その変な女が喰らいたくて、犯したくて堪《たま》らない。

崋山の鉤爪が翠簾の頬を撫《な》でる。妖魔《ようま》のそれとは違う薄く脆弱《ぜいじゃく》な皮膚が裂けて、鮮血が滲《にじ》む。わずかに顔をしかめた翠簾の——しかし、それでもにらみつけることを止《や》めない左右で色の違う瞳に、愚かしいほど欲情する。

「おまえ、おもしれえよ」

「黙れ……クソ、妖魔」

「おまえ、俺のもんになれよ」

冷たい土の上に翠簾を組み伏せたまま、剝《む》き出《だ》しになった彼女の鎖骨から首筋にかけて、舌を這わせる。甘酸っぱい、果肉のような味がした。先ほど食べた仙桃よりも、ずっと瑞々《みずみず》しく、蕩《とろ》けるように美味い。耳の下辺りの真っ白な肌を軽く甘噛みする。

「っ……う……」

翠簾は青ざめた顔で、それでも悲鳴を上げまいと、懸命に唇を噛みしめている。

その唇にうっすらと滲んだ血を、崋山が舌の先でべろりとなめとる。かすかに鉄を思わせる錆《さ》びた血の味に崋山の両目が細まり、翠簾の唇から遂《つい》に押し殺した悲鳴がもれた——。

——その瞬間。

「私の弟子から離れろ。下衆妖魔」

怒気の込められた冷ややかな声音が洞窟内に響きわたる。

直後、崋山の身体が宙に浮かぶ。そのまま、勢いよく近くの壁面に叩《たた》きつけられた。洞窟の壁がガラガラと崩れ落ちる。だが、崋山の身体は宙に留《とど》まったまま、その肢体と首筋に土くれで出来《でき》た枷《かせ》がはめられる。その上でぎりぎりと絞めつけられた。

「なっ！　ぐっ……」

崋山が翠簾にやったように妖力を放出して術を解こうとするが、びくともしない。そうしている間にも、土の枷が容赦なく崋山の肢体を、首を絞めつける。腕や足はともかく、首を絞められると息が上手《うま》く吸えない。さしもの崋山も苦痛に顔を歪めた。

だが、歪めながらも術を行使した相手をにらみつける。

「くそ……誰《だれ》だ……」

そこには、やたら滅多《めった》ら派手な男がいた。

まず、眼鼻立ちが極端に整った華やかな顔立ちをしている。

その上、崋山には及ばぬものの極端に背が高く、痩《や》せ形《がた》だが筋肉質な身体に、南国に住まう者たちのように一切の縫製がなされていない巨大な布をそのまままとい、色鮮やかな玉石を散りばめた金の腰帯で、腰のやや低い位置で縛っている。その手足や首筋、耳朶《じだ》に至るまで、まばゆいばかりの装飾具で彩られている。男のくせに絹のようにすべらかな黒髪は腰の近くまであり、顔の周りだけ肩ら辺の長さで毛先を遊ばせ、残りを一つに縛っている。ちなみに、髪留めも金で大きな赤い玉石が光っている。

凄《すさ》まじい洒落《しゃれ》者なのか、そんな派手派手しい格好も、ひどく様になっていた。

「……誰だてめえは」

崋山が低く誰何《すいか》の声を上げる。上着の前を隠すように起き上がった翠簾が「――師父！」と叫んで居住まいを正した。

「何故……こちらへ？」

謙《へりくだ》った口調で尋ねる。師というからには、この無駄に華美な男も仙人というわけなのだろう。しかし、仙人は弟子の問いに答えることなく、ただ崋山だけを氷のように冷ややかな瞳で見すえている。

「私の可愛《かわい》い弟子の純潔を奪ったその罪、万死に値するぞ」

そう冷酷無比な声音で告げると、天子がまとうような紫色の袖口《そでぐち》に触れた。

「出《い》でよ、《哮天犬《こうてんけん》》」

――と、そこから真っ白な犬が現れる。

当初、小さな仔犬ほどの大きさだった犬が、一瞬で小山のような大きさになると、真っ赤な歯肉を剝き出しに崋山に向かってくる。

「くそが……」

応戦しようにも身体が動かない。あわや、その獰猛《どうもう》な犬歯が崋山を嚙み砕《くだ》こうとした――

その瞬間――翠簾が男に向かって悲鳴のように叫んだ。

「お止めください！　師父っ!!」

「!?」

その声音に、犬の動きがピタリと止まる。

崋山だけでなく、男の方でもかすかにいらだたしげに弟子を見やった。

「何故、そんな下賤《げせん》な妖魔を庇《かば》うのだ。翠簾」

男の視線の先で翠簾は平伏した。

「庇うつもりなど微塵《みじん》もございません。ですが、その者を西王母様の元にひっ立てなくては、貧道《わたし》は蟠桃園の管理者として、西王母様に会わせる顔がございません。――そ……それに、じゅ……純潔など、奪われておりません。師父の……勘違いです」

最後の件は、娘らしくポッと頰《ほお》を赤くして告げる。

「……そうなのか？　本当に？　彼奴《あやつ》にそう言わされているのではなく？」

疑《うたぐ》り深《ぶか》く尋ねる男に、翠簾が恥ずかしそうにこくりと肯《うなず》いて見せる。

「私はてっきり……そうか、そうか――」

男は険しい表情を解くと、再び己の袖口に触れ、犬を戻した。袖口の中に、すっと犬が吸い込まれていく。

その後で、男は平伏している弟子に手をやるとやさしくそれを助け起こし、ぎゅっとその胸に抱きしめた。

「そういえば、仙桃の件があったのだな」

「……はい」

翠簾が口惜しそうに唇を嚙みしめる。男がその頭を愛《いと》おしげに撫でた。

「そんな顔をするな。翠簾。私は、玉帝の甥《おい》――つまり玉帝の細君である西王母様にとっても外甥にあたる。間違っても重い咎《とが》を受けるようなことにはなるまい。そんなことは、私が断じてさせない」

端正な顔をこれでもかというほど緩め、甘やかすように告げる。先刻までの冷ややかな声音とは異なり、砂糖を蜜《みつ》でくるんで煮詰めたように甘い。

「さあ、今から、西王母様のおわす瑶池《ようち》へ共に参ろう」

「はい……師父」

師の慈しみ深い言葉に感動したように翠簾がまたもこくりと肯く。まるで借りて来た猫のように大人しく、従順なその姿を、完全にその存在を忘れられた形になった崋山が、イライラと見やり、舌打ちする。

このド派手な色男がやって来てからというのも、翠簾の意識は彼にばかり注がれている。今まで崋山をにらみつけていた双眸が、男を敬い慕うように見上げているのも、男の手が愛おしむようにその華奢《きゃしゃ》な背中にまわっているのも、我慢ならなかった。こんな枷を粉々に打ち砕いて、今すぐにでも二人を引き離したい。

そんな胸が焼け焦げるような気持ちを持て余し、崋山が男に乱暴な口調で告げる。

「オイ、そこのド派手なオヤジ」

「…………オヤジだと」

オヤジという単語に、男の耳がぴくりと動く。振り返った男の顔は、まさに絶対零度の冷ややかさを湛《たた》えていた。憂いが似合いそうな目尻《めじり》に、はっきりと青筋が浮かんでいる。

「それはまさか、私のことか？」

「他《ほか》に誰がいんだよ」

思いの外過敏な男の反応に、崋山が嘲笑《ちょうしょう》する。そして、一転、その口元から蔑《さげす》んだ笑みを消し去ると、剝き出しの刃物のような双眸でギロリと男をにらんだ。

「それは、俺のもんだ。うすぎたねえ手で触るんじゃねえ」

それを耳にした翠簾が、師から崋山へとその視線を逸《そ》らし、怒りに燃えた顔で叫ぶ。

「黙れ、クソ妖魔！　誰が、いつ、貴様の物になった！」

「さっき、てめえの肌を舐《な》めた時、てめえに俺の所有印を刻んだんだよ」

ようやく己に注意を向けた翠簾に、まばらに伸びた前髪の下で崋山が琥珀色《こはくいろ》の両目を細める。その時の感触を思い出すように愉《たの》しげに告げた。

「もう、てめえは俺のもんだ」

「え……え……えぇっ？」

ぎょっとした翠簾が、仙女としての威厳を忘れ、自身の首筋を見ようともがく。

すると、男が翠簾から身体を離し、氷のように冷たい眼差しを崋山へと向けた。

「……ほう」

と不気味に高い声音でつぶやく。

「この私をオヤジ呼ばわりするだけでは飽き足らず、我が愛弟子《まなでし》の嫁入り前の肌を舐めただと……？　それ相応の覚悟は出来ているのだろうな？　下劣で卑しい妖魔よ」

場違いにも優雅に微笑《ほほえ》んだ男の口元が、剣呑《けんのん》な色を帯びる。

直後、崋山の身体が二度三度と地面に叩きつけられた。その後、土の塊で出来た枷に先ほどの比ではない重圧がかかる。喉《のど》が潰《つぶ》れ、右腕と左足の骨が音を立てて軋《きし》んだ。

「ぐっ……う……」

脳天にかけて激痛が走る。どうにか無様な悲鳴を上げることだけは回避したが、込み上げてくる痛みに咳《せ》き込む。喉に鉄の錆びたような血の味がした。

「師父――!?」

焦った翠簾が己の師父を見やるのが、痛みに歪んだ視界に映った。男が弟子に向けて軽く肯いて見せる。大事ない、と。

「霊元山の頂に塒《ねぐら》を構える赤髪の妖魔といえば、世に少しは名の知れた大妖だ。これしきのことで死ぬことはなかろう」

そう告げると、死ななければ何をしても構わないとばかりに、崋山をいたぶる。致命傷を避けながら、最も効率よく痛めつけるという――爽《さわ》やかな美貌とは裏腹に、なんとも腹の底のどす黒いやり口に、崋山が腹の底から湧《わ》き上がるような殺意を抱いた。

「てめえ……後で覚えとけよ」

ギリっと歯噛《はが》みした顔で、男をにらみつける。

それだけで相手を射殺せそうな崋山の眼光を冷ややかに受け流し、男が頬にかかる絹のような髪を払った。

「後などありはしないさ。愚かな妖魔よ」

そして、感情の色のない両目で虫けらを見るように崋山を見やると、それこそ一寸の温かみもない声音で告げた。

「伯母上――いや、西王母様にお許しを頂いたら、この私、顕聖二郎真君《けんせいじろうしんくん》自らの手で貴様を処刑してやるのだからな」

※

「――それで、それをここに連れて来たわけか」

高く幼子のような声音が告げる。

「霊元山の妖魔が、儂《わし》の仙桃をのう」

玉座の間の天井は高く、その天高くそびえる天井に、稚《いとけな》くもどこか冒し難い威厳を持った声音が飲み込まれていく。

翠簾の傍らで師父・二郎真君が恭しく頭《こうべ》を垂れた。平伏はせず片膝《かたひざ》を立てる形でその場に座している。その脇《わき》にまるで荷物のように件《くだん》の妖魔・崋山が転がされている。

翠簾はひたすら平伏して、師父と西王母の対話に全身全霊を傾けていた。

「はい。恐れ多くもこの不埒《ふらち》者が、西王母様の蟠桃園に無断で侵入し、我が弟子・翠簾が異変に気づいた時には、すでに明後日の宴席に出される予定の仙桃を残らず食べつくしていたという次第です」

「ふうん」

答える声音は相変わらず幼い。

多種多様な玉石に彩られた巨大な玉座にちょこんと座っている西王母は、それこそ翠簾の腰の辺りぐらいまでの背丈しかなかった。己の身の丈の二倍はあろうかという白髪を戯れに弄《もてあそ》びながら、感情の起伏の窺いにくい無表情で甥・二郎真君の報告を聞いている。

雪のような乳白色の衣を銀色の腰帯で留めたその姿は、壮絶に美しい人形のようだった。細長く吊《つ》り上がった両目は、大きく朱で縁取られ、鳳凰《ほうおう》のそれのように華やかだ。その此《こ》の世の何もかも見通すような乳白色の双眸が自身に向けられる度、翠簾は律儀に反応し、その身を縮こませた。

「それで、結局のところ、おまえは何が言いたいのだね？　我が甥、二郎真君よ」

子供のような身体で、しかし、咽返《むせかえ》るような女の色香を漂わせながら、幼い貴人が告げる。

「儂はどうも回りくどいのが好きではない。簡潔に言うがよい」

「はっ――」

窘《たしな》められた二郎真君が更に姿勢を正す。

「我が弟子にも不徳と致すところはあったと思われますが、なにぶん、不測の事態であるとし、何卒《なにとぞ》、寛大なご処置を」

「なるほど」

心を尽くして弟子の弁明を図る二郎真君に、西王母が短く応じる。そして、玉座に片膝をついた格好で、それで、と告げた。

「おまえは、何故《なぜ》、蟠桃園を訪れたのじゃ？」

「はあ？　いえ……それは……」

思いもよらない質問にしばしうろたえた二郎真君が、弟子に用があって、と無難な答えを口にすると、

「嘘《うそ》を吐け」

西王母がそれを鼻で嗤《わら》う。

途端に鳳凰のような両目が面白げに歪む。

「大方、数多《あまた》いる情人との間で何か面倒事が起こり、弟子の元へ逃げて来たところ、女官たちから此度《こたび》の件を聞いた、という具合だろう」

「………」

咄嗟《とっさ》に言葉に詰まる二郎真君に、「なんだ、図星か」と西王母が嗤う。老獪《ろうかい》で、恐ろしく人の悪い笑みだった。

「その件に関してのみ、恐ろしく成長のない我が甥よ。弟子馬鹿《ばか》もよいが、少しは一人の女人に腰を落ち着けたらどうだ？」

痛いところを突かれ、ぐっという表情になった二郎真君に、不機嫌な顔で床に転がっていた崋山が「ざまあねえな」と茶々を入れる。ここぞとばかりに、憎たらしい顔を作って見せ

る。

「偉そうにすかした面しちゃいるが、伯母上様には頭が上がらねえか」

「──黙れ」

二郎真君が崋山をにらみつける。低い声で忌々しげに告げる。

「また痛い目に遭わされたいのか」

そんな甥の反応に西王母の興味が二郎真君から、崋山へと移った。久しいな、と告げる。

「かれこれ数百年ぶりか？　崋山よ」

「てめえは、相変わらず化粧が濃いな」

「おまえは相変わらず、礼儀を知らぬな」

「お互い様だろ」

「残念だが、儂は他者に礼節を払う必要がないのだ」

「ババァだからか？」

「最も高い玉座に居るからだ」

無礼極まりない崋山の台詞《せりふ》に西王母はおかしそうに笑いこそすれ、腹を立てる様子もない。

（ど……どういうこと……？）

二人が互いを見知っている風で、かつ、存外に気安い調子で語らっているのを、翠簾だけでなく、二郎真君も呆気《あっけ》に取られて見つめている。すぐに、はっと表情を引き締めた二郎真君が躊躇《ためら》いがちに伯母に尋ねた。

「この妖魔をご存じなのですか?」

「――ああ。昔、ちょっとな」

西王母が思わせぶりに告げる。

(なんで、この野蛮な妖魔が、西王母様と友達みたいな口を利《き》いてるわけ……?)

翠簾は口こそ挟まなかったが、内心ひどく動揺してた。

チラッと西王母の座っている玉座を見上げ、視線が合いそうになると、慌てて下を向く。

西王母が喉の奥で、くくっと、嗤った。

再び、床上の妖魔に声をかける。

「崋山よ。何故、仙桃を盗んだ」

「退屈だったからだ」

「ふむ。――で? 今はどうじゃ。今も退屈か?」

「ああ……いや」

肯きかけた崋山が、一瞬、間をおいて翠簾へ視線をやると、自身の言葉を否定して言った。

「今は、ほんの少しだけマシだ」

「ほう」

その答えに、西王母が珍しいものでも見たような表情になる。幼女のように細く小さな指でしきりに己の唇に触れつつ、つぶやく。

「おまえのそんな言葉、初めて聞いたぞ」

「まあ、俺《おれ》も初めて言ったからな」

崋山はどうでもよさそうにそう答えると、いきなりすくりと立ち上がった。強固に捕縛していたはずの二郎真君の土枷が、いつの間にか溶かされ、跡形もなく消え去っている。崋山が自由になった腕を揉《も》みしだき、首をごきっといわせる。

「やれやれ、とんだ時間がかかっちまった」

「貴様、いつの間に……」

ぎょっとした二郎真君が、再び術を使おうとする。その脇で翠簾も三尖刀を構えた。

それを、

「――止《や》めよ」

という西王母の一声が抑した。崋山の両目が玉座に向けられる。

「なんだ？　ババァ、てめえがやる気か？」

「いや、儂はやらぬ。面倒だからの。どれ、元気のあり余っている様子のおまえには、これをくれてやろう」

そう言って、西王母が懐から取り出した小さな金色の輪っかを崋山の額に向けて放った。

崋山は蝿《はえ》でも払うようにそれを片手で叩き落とそうとしたが、金の輪はまるで己の意志を持っているかのようにその腕を避けると、崋山の頭の上でちょうどの大きさに広がり、額にひょいと収まった。崋山がうるさそうに眉《まゆ》をひそめる。

「なんだ、コイツは？」

「〝緊箍児《きんこじ》〟じゃ。この仙境にも一つしかない秘宝よ」

さもおかしげに答えた西王母が、おもむろに経を唱え始める。

「っ!?」

途端、崋山が己の頭を抱えて苦しみ始めた。金の輪っかを外そうともがいているようだが、びくともしないらしく、しきりにこめかみの辺りを掻《か》き毟《むし》っている。

やがて、経が止むと、崋山が床に両膝《りょうひざ》を着いた格好で荒い呼吸を繰り返した。そして、憤怒の形相で西王母を振り仰いだ。

「！　クソババァ……今すぐ、これを外せ!!」

「外せと言われて外すバカがどこにおる」

西王母が子供のように真っ赤な舌をペロリと出して見せる。

「おまえは罰当たりにも、儂から千二百個の仙桃を盗んだ。よって、おまえは今から千二百の善行によって、それに報いなければならない。それが、貴様の罰じゃ。嫌なら今ここで首を刎《は》ねて死ね」

「ふ、ざけやがって……」

逆上した崋山が、玉座の上の西王母に飛びかかろうとすると、西王母は再び先ほどの経を唱え始めた。崋山はたちどころに床に倒れ、頭を抱えて悶《もだ》え苦しむ。

西王母はその様を実に愉しげに見やると、「――さて」とつぶやき、ここで初めて翠簾の名を呼んだ。

来た、と翠簾がその場に額《ぬか》ずく。

「今しがた緊箍児を絞めつけさせる為《ため》に唱えた経だが、あれは〝緊箍呪《きんこじゅ》〟という経じゃ」

「は？　いえ、はっ！」

てっきり、此度の一件の処遇を言いわたされると思っていただけに、何の話だろうと、翠簾が訝《いぶか》しげな顔になる。だが、すぐに従順な表情を作ってすっと顎《あご》を引く。すると、西王母がひどくやさしい声音で、時に、翠簾、と告げた。

「我が甥からおまえは大層物覚えがよく、何事もほぼ一度で正確に覚えると聞いているが、先ほど儂が唱えた経を諳《そら》んじることは、可能か？」

「はい」

「では、試しに唱えてみよ」

「仰せのままに」

わけがわからないまま、しかし、翠簾が素直に肯く。暗記は得意中の得意だ。

隣で二郎真君が、何やらハラハラとこちらを気にしている。

大丈夫です、という意を込めて師父に一度視線をやってから、たちどころに諳んじて見せる。その間中、崋山が床の上をのたうちまわっていたが、イイ気味だと思った。最後の方は、わざと意地悪をして、ゆっくりゆっくり唱えてやる。

一度もつっかえることなく唱え終わると、さすがに悶え疲れたのか崋山がぐったりと動かなくなった。そんな状態で尚《なお》、悪態を吐くことを忘れない。

「クソ女め……後で、覚えていやがれ……」

にらみつけてきた妖魔《ようま》を逆ににらみ返してやる。すると、西王母が「見事じゃ」と褒めてくれたので、翠簾は嬉《うれ》しくなり、玉座に向け深々と叩頭《こうとう》した後で、にっこりと隣の師父を見やった。

しかし、師父・二郎真君は少しも嬉しげではなく、微笑み返してもくれない。むしろ青ざめた顔で西王母の鎮座する玉座を見上げ、告げた。

「まさか――伯母上はこの翠簾を……」

「それほど立派に唱えられれば、これから言いわたす役目も無事、遂げられよう」

甥の言いかけた言葉を遮り、西王母がすくっと立ち上がる。真っ白な髪がふんわりと宙に舞う。

そして、己の前に平伏する翠簾を睥睨《へいげい》すると、この極めて美しく極めて小さな貴人は、朗々たる声音で告げた。

「顕聖二郎真君が弟子・翠簾よ。今を持って、蟠桃園管理者としてのおまえの任を解く。そして、この妖魔の監視官としての新たな任を与える」

「!?」

一瞬、西王母が何と言ったのかわからなかった。凍りつく翠簾に、西王母が両目を細め、あらゆる反駁《はんばく》を赦《ゆる》さぬ口調で申しわたす。

「この妖魔が下界にて千二百の善行を遂げるのを、かたわらで監視するのじゃ。無事、善行を積み終えれば、此度の一件を水に流そう」

「！　お待ちください!!　それは、あまりに――――」

呆然《ぼうぜん》とする翠簾の横で、顔色を変えた二郎真君が今にも伯母につかみかからん勢いで立ち上がる。

しかしながら、時すでに遅し。

今の今まで座っていたはずの床が煙のように消えたかと思うと、翠簾の身体は凄《すさ》まじい勢いで地上へと落下していた。

「!!　ひ……っ、ゃぁ……!!」

あまりのことに上げ損ねた悲鳴が、落下する風圧に負け、掻《か》き消えていく。

やがて、すべてが――己自身さえも――一つの線となる。翠簾は抗《あらが》うことの出来《でき》ない重力の中で、意識を失った。

※

「──っ……痛……」

眼《め》が覚めるなり全身に痛みが襲ってきた。

崋山は、とりわけズキズキと痛む頭を抱えながら身を起こし、周囲を見わたした。その拍子に背中や腕、髪の毛の先から、パラパラに乾いた砂の粒がこぼれ落ちる。

「……ここはどこだ？」

見わたす限りの砂の大地は、仙境には存在しない代物だ。灼熱《しやくねつ》の太陽はそれこそ肌が焼けつくほどに熱く、多分に熱を帯びた砂も相まって、一所にじっとしていたら火傷《やけど》しそうな暑さだ。

「──ッ……砂漠か？」

崋山が照りつける太陽の日差しを利き腕で避けて、両目を細める。

「ん？」

そこで奇妙なことに気がついた。鉤爪《かぎづめ》はあるが、黒くはない。しかも腕を巡っていた文身《いれずみ》が一欠片《ひとかけら》も見当たらない。

「!?」

そのまま、両手で耳を触ってみる。それは、人のように小さく歪《いびつ》な半月を描いていた。口の中には牙《きば》もない。

慌てて、何か姿の映るようなものがないかと辺りを探すと、件《くだん》の仙女・翠簾が砂の上に男のように胡坐《あぐら》をかき、三尖刀の三叉《みつまた》に分かれる前の付け根の部分に己の顔を映しては、ぼんやり眺めている。どこまで己が好きなのかと呆《あき》れつつも、「貸せ」と言って脇からひったくる。そこには、頬《ほお》や全身を彩っていた文身もなく、牙も抜かれ、まるで人そのもののような姿になった自分がいた。

「何をする！」

怒った翠簾が三尖刀を奪い返す。崋山は呆然と自身の着ているものを見下ろした。ご丁寧にも、道士の男が身につけるような真っ黒な道服を着ている。

「……人間に……なってやがる……」

「フン」

翠簾が『今頃《いまごろ》、気づいたのか。この馬鹿妖魔《ばかようま》』という顔でこちらを見つめている。因《ちな》みに、と翠簾が投げやりな口調で告げた。

「仙境に戻ろうとしても無駄だぞ。先ほど、試してみたが風に乗ろうとしても、光に乗ろうとしても上手《うま》くいかない。おそらく、おまえの雲も呼べぬだろう」

言われて試してみるも、確かに普段何気なく使用している雲が呼べない。

まさか、本当に人間のように無力になってしまったのかとゾッとする。しかし、利き腕を一振りすると妖魔であった頃《ころ》と同様に双頭槍が現れた。炎も凪も、普通に操ることが出来る。

「どうやら、妖力は消えてねえみてえだな」

とりあえず安堵《あんど》する崋山に、翠簾が三尖刀を握りしめながら不機嫌に告げる。

「下界で妖魔がうろうろしていてはマズイから、西王母様がめくらましの類《たぐ》いをかけられたのだろう。貧道《わたし》の風遁《ふうとん》やおまえの雲が使用できないのは、大方、『この広大な大陸を己の足で歩きまわり、無事、千二百の善行を積むまではお家に帰しませんよ』という心積もりであろうよ。そこを見てみろ」

翠簾が視線を崋山の左手の甲の辺りに向ける。つられて崋山も己の手を見やると、そこに消えた文身の代わりとでもいうように、奇妙な数字が刻まれていた。血のように赤い線で『零』と書いてある。当然のことながら、ごしごしと道服で擦ってみても消えない。

「おそらく、おまえが善行を一つ積む度にその数字が増えていく仕組みだろうな」

「あのクソババァめ……」

「西王母様に対して無礼だぞ。口をつつしめ」

翠簾がぴしゃりとたしなめる。――が、自身も相当思うところがあるらしく、そう強く咎《とが》め立《だ》てするつもりはなさそうだ。相変わらず三尖刀を大事そうに握りしめながら、面白くなさそうに肩をすくめた。

「願わくは、その下品で野蛮な性質もどうにかして欲しかったのだが、それはどうやら叶《かな》わぬ願いらしい」

「てめえ……」

「せめて、口を開かぬようにしていろ。少しはまともに見えるだろう」

姿形こそ睡蓮《すいれん》の花のように愛らしいが、取り澄ました仙人ならではの相手を小馬鹿《こばか》にしたような言い方が一々癇《かん》に障る。

余計なお世話だ、と吐き捨てかけ、霊元山でのやり取りを思い出した崋山が、意地悪く告げる。

「他人の心配してる暇があったら、てめえの貧しい乳をどうにかしろ。この貧乳仙女」

「!!」

すると、効果覿面《こうかてきめん》、翠簾が眼を剝《む》いて崋山をにらみつけた。

「今後、貧道《わたし》の前で『貧乳』という言葉を口にするな!!」

「今後――？」

今度は、崋山が翠簾の言葉に反応する。

「じゃあ、てめえはババァの言うことを大人しく聞き入れるわけか？」

「し……仕方ないだろう。それ以外に、仙境に戻れる道はないのだから」

翠簾がさも嫌そうに告げる。そして、再び三尖刀に己の姿を映し、

「貧道《わたし》はこんなところでつまずくわけにはいかぬのだ」

と、崋山にというよりは自分に言い聞かせるように告げる。

「妖魔の監視役だろうがなんだろうが、立派にやり遂げ、仙境に返り咲いてみせる」

刀をのぞき込む横顔は真剣で、決意の色も硬くぎゅっと結ばれた唇が、かすかに震えていた。どうやら、立身出世を生きがいにしている――という噂《うわさ》は本当らしい。

その類い稀《まれ》なる美貌《びぼう》を使えば、もっと楽におもしろおかしく生きられそうなものを、あくまで自身の力で出世を成し遂げたいと思っているようだ。

崋山はふとおもしろいことを考え、いかにも物憂げに「じゃあ、勝手にやれ」と突き放した言い方をする。

「え……？」

驚いたように翠簾がこちらを見上げてきた。その顔を尊大に見下《みお》ろし、崋山が告げる。

「俺はババァの言いなりになるなんざ、真っ平御免だ。善行なんざ積む気もねぇ」

「な……何をバカな……」

翠簾の声が裏返る。

よほど動揺しているのかわずかに口元が開いている。そういう表情をすると今までの取り澄ました雰囲気が消え、ぐっと可愛《かわい》らしくなる。

「お……おまえ、仙境に戻りたくないのか？」

慌てつつも、精一杯の威厳を保って尋ねる翠簾がおかしく、崋山は内心ニヤニヤしながら、いかにも面倒臭げに告げる。

「俺は元々、仙境だろうが下界だろうが、どっちでもいいんだ。人間の格好は胸糞悪《むなくそ》ィが、考えようによっちゃ斬新《ざんしん》だしな。俺は俺で愉《たの》しくやる。おまえもおまえで好きにしろ」

「そ、そんな……それでは、いつまで経《た》っても貧道《わたし》が仙境に帰れないではないか……」

「それじゃ、困るのか？」

「当たり前だ!!」

翠簾が崋山をキッとにらんで叫ぶ。

ある意味、想像通りの答えに崋山が唇の端を意地悪く歪《ゆが》める。

「おまえがどうしても戻りてえって言うんなら、まあ考えてやらなくもないが——」

「！」

思わせぶりな崋山の口調に気づかぬのか、翠簾がぱっと顔を輝かせる。まさに大輪の花がほころんだような美しさだった。だが、崋山は容赦なく言い放った。

「『お願いします』って言ってみな？」

「な……」

翠簾の笑顔が一瞬で凍りつく。

「そのすかした偉そうなしゃべり方を止《や》めて、『お願いします、崋山様。一緒に来てください』って、可愛く頼んでみろよ」

「……ぐっ……」

「嫌ならいいんだぜ」

そう言ってわざと踵《きびす》を返すと、背後から何やら焦る気配と「ま、待て……言う、言うから……」という強張《こわば》った声がした。

崋山が振り向くと、翠簾はいかにも口惜しそうに震える声で言った。

「『お願いします……崋山……様……一緒に来てくだ……さい』」

怒りと屈辱にまみれた両目は、言葉とは裏腹に今にも喰《く》らいつかんとばかりに崋山をねめつけている。その顔が、ひどく崋山を興奮させた。

気位の高い仙女が、下賤《げせん》な者と見下《みくだ》しているはずの妖魔の言いなりになる——その内心の葛藤《かっとう》と恥辱を考えるだけで、歪んだ情欲が崋山の全身をぞわりと波打つ。

しかし、わざと、呆れたような声でつぶやいて見せた。

「それじゃダメだな」

「なっ!?」

翠簾が裏切られたとでもいうように眼を剝く。その反応が崋山を更に興奮させた。興にまかせて、さんざんにダメ出しする。

「全然、これっぽっちも、可愛くねえ。いや、むしろ憎たらしい。なんだ、それ」

「く……………」

「もっと、色っぽく可愛く頼めねえのか？　仙女なんだから、房中術の心得ぐれえあんだろ？」

「…………下衆め」

そんないかがわしい心得などあるか、とそっぽを向いた翠簾の頬が、恥辱に燃え、かすかにわななないている。崋山はわざとらしくため息を吐いて見せた。

「じゃあ、いっそ服を脱げ。そうすりゃ、いくら色気がなくても、少しはいやらしく見えんだろ」

いかにもバカにした感じの崋山の言葉に、翠簾が更なる恥辱と怒りに顔を赤らめる。

さあ、どうするか、と崋山がそれを見守る。

翠簾はしばらくわなわなとうつむいていたが、やがてその場に立ち上がると、崋山の前まで歩いて来た。一番上の赤い留め具に指をかけてそれを外し、「『崋山……さ……ま……』」と震える声でつぶやく。

「なんだ？」

愉しげに応じた崋山に、翠簾が屈辱にまみれた顔を上げる。

「『お願い……――』」

――と、その視線が、崋山の額のあたりで止まった。一瞬、眉を寄せ、それからふと奇妙

に表情の消えた顔になった

「オイ。どうした？」

「『──なんかするもんですか!!』」

そう叫んだ翠簾が、すでに指をかけていた二番目の留め具から手を離し、崋山の横っ面をぶん殴る。思いもよらぬ反撃に崋山が唖然《あぜん》とし、すぐに怒りの視線を向けるも──。

「！　てめぇ──!?　ぐっ……ぐ、ぁ……!?」

頭蓋骨《ずがいこつ》が問答無用でしめつけられる痛みに、両膝をつく。そのまま、こめかみを抱えて焼けた砂の上をのたうちまわった。

翠簾が朗々と唱えているのは件《くだん》の経・緊箍呪である。

（く、そ……コイツの存在を忘れてた……）

耐え難い激痛に顔をしかめながら、崋山が自身の頭にはめられている緊箍児をつかみ、どうにか抜こうとする。しかし、仙境の秘宝はびくともしない。臍《ほぞ》を噛《か》む崋山の頭上で、翠簾が勝ち誇ったように嗤《わら》う。邪悪な笑みだった。

「どうやら、形勢逆転のようね」

先ほどまでの恥辱と怒りがあますところなく憎しみに変わったらしく、その色みの違う両目は仙女にあるまじき報復の喜びと、嗜虐《しぎゃく》の悦楽で異様にギラついていた。

「女はね、なめたら恐《こわ》いのよ？」

つける。

崋山の背中に小さな靴の裏を乗せて踏んづけ、憎しみを込めて、その背をぐりぐりと踏み
「どう？　少しは性根を入れ替える気になった？　それとも、このまま悶え死ぬ？」

「誰《だれ》がだ——てめえが、死にやがれ……って、ぐぉ……!!　っぅ……！」

痛みに両目を血走らせた崋山が、翠簾が会話の為に経を中断した一瞬の隙《すき》を狙《ねら》って、彼女を跳ね飛ばした。そのまま、長い鉤爪で喉笛《のどぶえ》を引き裂こうとするが、素早く体勢を立て直した翠簾に再び経を唱えられ、あっけなくその場にもんどり打った。

危ない、危ない、というように翠簾が額の汗を拭《ぬぐ》う。

そして、今度はだいぶ長い間、無駄口を挟まず、経を唱え続けた。その上で、ほとんど屍《しかばね》のように動かなくなった崋山を再び踏みつけた。この痩《や》せた身体でどうして、と思いたくなるほどの重圧が崋山の背骨にかかる。

「アンタがそういうつもりなら、この声が続く限り、経を唱えていてもいいのよ？」

足の裏を丁度、心臓の真裏に移動させ、翠簾が威圧的に告げる。崋山がせせら笑いでそれに応《こた》える。

「てめえ……貧乳のくせに……えらく重いな……実は、見かけよりデブだろ……」

「……どうやら、自分の置かれてる状況がまだわからないみたいね」

冷たく言い放ち、翠簾が更に声高に緊箍呪を唱える。緊箍児がより強く崋山の頭をしめつ

け――それから数分後、とうとう崋山が音を上げた。

「ま、待て……わかった……俺《おれ》が悪かった」

「それじゃダメよ」

「は？」

「『悪うございました。翠簾様』でしょ？」

ニヤリと翠簾が告げる。崋山の顔が憤怒に歪んだ。

「……このド貧乳が……調子に乗りやがって……」

「このまま夜まで、待ったなしで唱え続けるわよ」

「…………………『悪うございました……翠簾様』」

崋山が盛大に顔を歪めつつも、背に腹は代えられないと応じる。最後に、クソ、と余計な怒鳴り声が入ったが、翠簾にすればそれでようやく溜飲《りゅういん》が下がったらしく、

「ふふん。わかればいいのよ、わかれば」

鼻息も荒くそう言うと、経を止めた。

ようやく地獄の責め苦から解放された崋山が、ぐったりと灼熱の砂漠に横たわる。それを上から見下ろし、翠簾が勝利の笑みを浮かべた顔で告げる。

「これに懲りたら、以後、一切、逆らわないことね。あたしの手足となって馬車馬のように働くのよ。いいこと？」

今や、仙女らしさの欠片《かけら》はおろか、残り香すら存在しない翠簾に、崋山が砂の上から疲れ果てた両目を向ける。

「何が馬車馬だ……てか、おま……さっきまでと、えらく口調が違くねえか……？　ほとんど別人だぞ」

それに、翠簾がフンと小さな鼻を鳴らした。

「アンタみたいないやらしい色魔風情に、仙女らしく接してるのがアホらしくなったのよ」

「つまり、それが……てめえの素かよ……」

「そういうこと。誰が、四六時中、厳《いか》めしく『貧道《わたし》は』なんて、言ってるもんですか」

と、何故《なぜ》か偉そうに告げる。

そして、「はい、はい」と両手を叩《たた》いた。崋山がさも気だるそうに、何だよ、と尋ねる。

「……うるせえから、それ止めろ。そして、少し寝かせろ。出来れば、その間に死んでくれ」

「は？　何、言ってんのよ。さっさと起きて、善行を積みに行くわよ！」

「はあ？」

「何せ、千二百個もあるんだから、不眠不休でちゃきちゃき働いてもらわなきゃ」

鬼か、と思いたくなるようなことを平然と口にするだけでは飽き足らず、尚も動こうとしない崋山の脇腹《わきばら》を、つんと尖《とが》った靴の先で毬《まり》のように蹴《け》りつけ「ほら、ほら」と急《せ》かす。

「早く起きないと、また経を唱えるわよ？　いいの？」

「………………勘弁してくれ」

崋山がうめく。

直後、容赦なく唱えられる緊箍呪と、崋山の悲鳴が、二人の旅の始まりを告げるかのように、中原の空高く響きわたった。

そして――十年の歳月が過ぎゆく。

第二章　歪んだ街

「――すごっ、広い……まるでこの街自体が、一つの国みたい」

翠簾はそう言うと、目の前に広がる街のにぎわいに大きな目を丸くした。

ここは月豫国《げつよこく》最南の阿南《あなん》と呼ばれる三千戸近い規模の街である。家々の間の道は平たく整備されていて、中央の広場では大きな市が開かれている。出店は食べ物を売っているものから、美しい織物や、繊細な細工の施された装身具などを売っているものまで様々だ。

「まだ、昼間だってのに赤ら顔で酒を喰らってやがる」

真昼間だというのに真っ赤な顔をしてヘラヘラと笑う男たちの集団を見やった崋山が、半ば呆れたように告げる。その隣で、翠簾が腰に手をやってつぶやいた。

「蔡陵国《おとなりさん》とはえらい違いね」

今から三日ほど前まで二人が滞在していた蔡陵国は、軍によって厳しく統治された武人の国であったが、ここ阿南はいかにも牧歌的でのんびりとしている。街に入ってだいぶ経つが、兵士の一人も目にしていない。

「寄ってらっしゃい見てらっしゃい。取り出しましたるは、ここいらでは珍しい南国の果実だ。果肉が蕩《とろ》けるように甘くて、旅の疲れなんか一発で吹き飛んじまうよ」

「ほら、そこのお兄さん、長旅のお供に山羊《やぎ》の干し肉はどうだね？　精がつくよ」

「さあ、買った買った！　この丈夫な竹筒がなんとこの値だ」

客引きの声も騒がしく、旅の途中らしき商人などが、湯気の立った饅頭《マントウ》や竹の皮に包まれた粽《チマキ》を頰張《ほおば》りながら一休みしている。子供が父親に買ってもらった山査子《さんざし》の実の糖蜜《とうみつ》漬けを持って、嬉《うれ》しそうに走りまわっている姿に、翠簾がその頰を緩ませた。

「ここから、月豫国の城下まではあと十日はかかるって言ってたし、さぞや、食べ物屋や宿屋がもうかるでしょうね」

「それにしちゃ、ずいぶんと平和そうだな」

崋山がどうでもよさそうに告げる。確かにそうね、と翠簾が顎《あご》に手をやって肯《うなず》く。

「普通、お金の集まるところにはそれだけ厄介事も集まるものなのに……」

「残念だったな。こう平和な街じゃ、善行を積む機会もありそうにないぞ」

崋山が言葉と裏腹に、愉しげな顔で告げる。

「ここは宿屋にでも泊ってゆっくり羽を伸ばしたらどうだ？　なんなら、寝具の上で――」

「愛なら育《はぐく》まないわよ」

さりげなく肩にまわされた崋山の腕をギュッとつねって、翠簾がにっこりと先手を打つ。

「そもそも、そんなもの、あたしたちの間には微塵《みじん》も存在しないから。あ、あたしのアンタに対する『殺意』と『怨《うら》み』なら、まだ残ってるわよ？　試してみる？」

そう言って崋山の腕を払いのける。崋山は怒りもせず、両目を細めて軽く笑った。

「言ってな。この俺を前にして落ちない女は此《こ》の世に存在しねえよ」

「な……何よ、それ……」

不覚にも翠簾はその笑顔に――ほんの一瞬だけ――どきりとした。

傲慢《ごうまん》でふてぶてしいが、怠惰な色気に満ちた瞳《ひとみ》、扇情的に吊《つ》り上《あ》がった唇。この十年でだいぶ人の笑みに近づいてきた。以前のこの男の笑みといったら、唇の端をかすかに歪ませる程度のものだっただけに、大した変化だ。

（……これで、いやらしいこととか言わなきゃいいのになぁ）

ふうっとため息を吐きかけ、って、何がいいわけ、と自分自身につっこみを入れた翠簾が、胸の中で誰にともなく言い訳を告げる。

（もちろん、善行を積むのに都合がいいからに決まってるじゃない）

すると、頭の斜め上の方で崋山の声音がした。

「オイ。何、ぼーっとしてんだよ？」

「え？　きゃ……！」

見上げるとすぐ眼《め》と鼻の先に崋山の顔があった。長身を屈《かが》めるように顔を近づけている。常に気だるそうな崋山の薄い唇が、もう少しで自身の唇に触れそうになり、翠簾が慌てて飛《と》び退《の》く。

「だから、顔、近いってば!!」

「おまえは、顔が赤いけどな」

余裕げな表情で崋山が告げる。翠簾がさっと両手で頬を隠して、

「何、言ってんのよ。赤くなんかなるはずないでしょ！　ほら、先を急ぐわよ」

ニヤニヤする崋山の顔から逃れるように先を行く。その後を崋山が悠々とついてくる。その視線が未《いま》だ両頬に注がれているようで、何故だか居心地が悪い。

すると、背後からすっと耳元に顔を近づけてきた崋山が、わざと耳に息がかかるようにささやいた。

「無理すんなって。ホントはドキドキしてんだろ?」

「ひゃ！　他人《ヒト》の耳に息をかけないでよ!!　もう……」

熱い息に耳の中の過敏な皮膚を撫《な》でられ、思わずびくっとしてしまった翠簾が、両手で耳を隠す。今度こそ赤くなった顔で抗議したが、崋山はまるで悪びれない。

「他人のじゃねえよ。俺のだ」

堂々と理不尽なことを告げる崋山に、翠簾は頬から赤みを消し、呆《あき》れた声で告げた。

「………アンタって、ホント、呆れたうぬぼれ屋さんね。うちの師父といい勝負だわ」

「あの派手バカオヤジの話はするな」

途端に不機嫌な顔になった崋山が低い声音で告げる。最初の出会いが最悪だったせいか、

二郎真君のことが話題に上ると、崋山は大抵こんな風に露骨に嫌悪を表す。

「ねえ、そろそろ水に流したら？　本当はとってもやさしい方なのよ――誰も弟子にしてくれなかったあたしを、あの方だけが受け入れてくれたんだから……」

崋山からの返事はない。翠簾がふうっとため息を吐く。

「ねちっこい男はモテないわよ？」

そう言ってやるも、崋山はまだ不愉快そうな顔だ。翠簾はしらん顔をして、人々でごった返す市を通り抜けた。

市を出ると、人が少しはけ、道幅も狭くなった。大きめの宿屋が何軒か軒を並べている。その中で一番立派な作りの宿屋の前に人だかりがあった。宿屋の主人らしき男と、遥《はる》か西の国から来たらしい商隊が話し合っている。どうやら上手《うま》く言葉が通じないらしく、話し合いは難航していた。

「だからぁ……今晩は、酒家や出店、食い物屋が全部、夕方には閉まっちまうから、夕飯は宿《ウチ》で取るか、今の内に腐らないものを買って来た方がいいですよ……って言ってるんだが……弱ったなぁ。後で腹が減って怒りだされても、私は知りませんぜ……」

身振り手振りを交えながら、商隊の長《おさ》らしき色黒の男に語っていた宿屋の主人が、太い腕で玉のような汗をぬぐう。それから、片言の西国の言葉であれこれと説明したが、いま一つ伝わらない。足元まですっぽり入る厚手の黒い外套《マント》を着た男は、しきりに肯きながら、

「夜飯、ワタシたち、外で食べる。宿代、泊るだけ。安価？」

などと言っている。宿屋の主人が頭を抱えた。

「――やったわ、崋山。絶好の機会よ」

翠簾が脇《わき》を歩く崋山の道服を引いて、こそっとささやく。

「あの人たちの言葉はわかる？」

「そりゃ、妖魔《ようま》だからな」

崋山が不機嫌そうな顔を止めて、応じる。

もともと、妖魔や神仙にとっての声は飾りでしかない。相手の脳に直接思念を飛ばしてやり取りをしているのだが、対する人間側には普通にしゃべっているように聞こえるらしい。故に言語の壁はなく、どこのどんな部族とも普通に会話が出来《でき》る。

「おまえもわかんだろ。腐っても仙女なんだから」

「あたしが通訳したって、善行は加算されないんだから、アンタが助けてやるのよ。それから、腐ってもは余計よ」

鼻の上に可愛らしくしわを寄せた翠簾が、崋山の足をぎゅうっと踏みつける。そして、その背中をぐいぐい押しやった。

「オイ、押すな。アホ女……面倒臭ぇな」

崋山は実に気乗りがしなそうだったが、両者の間に入って行った。今、宿屋の主人がしゃべっていた内容を無愛想に商隊の長に伝える。長はようやく理解したのか、では、出店で粽《チマキ》を買ってくる、お湯はただか、と聞いてきた。

「……ったく、胡人《こじん》の奴《やつ》らはしたたかなもんだ」

異国から来た商隊の黒尽《ず》くめの後ろ姿を見やり、主人が肉付きのいい首をすくめてひとりごちる。それから、はっと何事かを思い出したように大声で言った。

「街の奥にある森には入っちゃダメですよ、お客さんがた。見かけよりずっと深い森ですから。毒蛇もいますし。絶対、入らないようにしてくださいよ？」

翠簾に「あれもよ」と促され、崋山が投げやりながらその言葉も通訳してやる。商隊の長が、わかった、わかった、と言うように片手を上げて見せた。

宿屋の主人は「やれやれ」と額に浮かんだ汗をふくと、崋山に向き直り礼を言った。

「おかげさまで助かりました。道士様」

「――お役に立てて、わたくしたちも嬉しい限りです」

そう応じたのは、通訳した崋山ではなく、彼を押しやってずいっと前に出た翠簾である。

その顔には、例の仙女的微笑――見事なまでに温和で慈しみ深い微笑《ほほえ》みが浮かんでいた。

宿屋の主人は翠簾の清らかな美しさに魂を吸い取られたかのように、呆然《ぼうぜん》としていたが、すぐに我に返ると、にわかにやにさがった。

「仙女様と道士様のお二人連れでいらっしゃいましたか。これはこれは」

この街へは何のご用で、と尋ねられ「目的があってのことではございません。旅の途中にふらりと立ち寄った次第です」と和やかに答える。

「良い街ですね」

「ありがとうございます」

宿屋の主人が礼を言う。その大きな顔に不釣り合いな小さな両目が、一瞬、油断なく二人を観察し、それから大仰なほどにこやかに告げた。

「ご覧の通り、何の変哲もない街ですが、穏やかで平和な街にございます」

そう告げ、チラリと何かを気にするように明後日の方向に視線を這《は》わせた。そして、再び翠簾の顔に視線を戻すとにっこり微笑んでみせる。

翠簾は不審に思いつつも、それをおくびにも出さず、いかにもおっとりと尋ねた。

「兵士の姿もないようですね」

宿屋の主人が、兵士はおりません、とすまして答える。

「一人も？」

見ないとは思っていたが、一人もいないとは思わなかった。翠簾が宿屋の主人にわからぬよう、かすかに片眉《まゆ》を上げる。宿屋の主人は「ええ」と愛想よく笑う。それから、いかにも聞いた話というように付け加えた。

「この街に本国の兵士を常駐させますと、隣国との間で、その……色々とあるそうでして」

隣国と言うのはおそらく、ここから三日足らずの距離にある蔡陵国のことだろう。つい先日までいた蔡陵国の荒々しい様子を思い出し、ああ、アレなら、と思わず納得しかけるが、さすがに一人の兵もいないというのはおかしい気がした。

「……しかし、一人もというのは、心許《こころもと》ないのでは？」

「いやいや。まず、この街で悪さを働こうという輩《やから》などおりませんので。ご安心ください」

翠簾の憂い顔に、宿屋の主人がひどくのっぺりとした笑顔で請けあう。まるで前もって用意していたかのように即座に口にされたその答えに、

「――悪さを働く輩がいないだと？」

崋山がフンと鼻を鳴らした。

「本国から離れ、戦好きの隣国の眼と鼻の先。しかも、商いの中継地点で実入りもありそうなこの街で？　冗談だろ」

「……ははは。まるでご自身が盗賊のようなことを仰《おつしや》る」

宿屋の主人が大きな身体を揺すって笑う。奇妙に甲高く、とってつけたような笑い方だった。小さくて黒々とした鼠《ねずみ》のような男の瞳が、忙《せわ》しなく左右に揺れる。

（このバカ妖魔、余計なことを……）

翠簾は、慌てて崋山の道服を引いた。アンタは黙ってなさい、と目くばせする。

すると、宿屋の主人が話題を変えてきた。

「ところで、仙女様、道士様。今宵《こよい》のお宿はもう？」

いいえと答える翠簾に、主人が、それはよかった、と微笑む。

「よろしければ、当宿にお泊りになってくださいませ。先ほど助けていただいたお礼に良い部屋をお空けいたします。もちろん、仙道の御方《おかた》からお代はいただきません」

「それはありがたい」

感謝します、と礼を言いながら、翠簾は内心眉をひそめる。

結局、この主人は崋山の疑問に対して、答えらしい答えを返さなかった。

（……この街で悪事を働く輩がいないって、どういうことなのかしら）

他にも気にかかることはあったが、とりあえずは胸にしまって、部屋に案内してもらう。

宿屋の名は『李家』と言った。

通された部屋は宿屋の奥の角部屋で、細長い格子窓から燦々《さんさん》と太陽の日差しが入り、大層な広さだった。趣味の良い簞笥《たんす》の上に乗った壺《つぼ》には、大輪の生花が活《い》けられ、上品な香の香りが部屋中に漂っている。

しばらくぶりの宿に、翠簾がほうっと見惚《みほ》れる。——だが、問題はここが二人一部屋であることだ。仲良く二つ並べられた寝台の間には、両者を仕切る屏風《びょうぶ》の類《たぐ》いもない。好意で泊めてもらいながら、もう一部屋寄越《よこ》せとは、さすがに言いづらい。

宿屋の主人の手前、笑顔を絶やさぬ翠簾の顔がピクピクと強張るのを、崋山が愉《たの》しげに見ている。

「では、私はこれで。店の表におりますので何かあったらお声をかけてください」

「――ああ、ご亭主。今宵は、何かあるのですか？」

出て行こうとする主人に、我に返った翠簾がさり気なく尋ねる。宿屋の主人の足がぴたりと止まった。

「先ほど商隊の方たちに、夕方には店が皆、閉まってしまうと仰っていたので」

「ああ……」

振り向いた宿屋の主人は、再び瞳を揺らすと、少しの間を置いて例のとってつけたような笑顔で答えた。

「ただの骨休めです。もっとも、休むと言っても……夜だけのことですが。――では」

そう言って巨躯《きょく》を揺すりながら去って行く。廊下の先を曲がり、その姿が見えなくなるのを待って笑みを消した翠簾が、なんか変ね、と普段の口調で告げる。

「あの人、あたしたちとしゃべってる間、ずっと緊張してたのよ。それに、なんだか誰かに見張られてるみたいに、そわそわしてたし」

「……俺はあのオヤジよりも、商隊の奴らの方が気になるがな」

早々と片方の寝台に寝転がった崋山が告げる。翠簾が、えっ、という顔で振り向く。

崋山は頭の後ろで両手を軽く組んだ格好で、寝台の背にもたれかかっている。人並外れた身長の彼がそうしていると、大きな赤い寝台がまるで玩具《おもちゃ》のように小さく見えた。

「あの人たちが？　どうして」

これを見ろ、と崋山が自身の手の甲を宙にかざす。そこに刻まれた数字を目にし、眉間《みけん》にかすかなしわを寄せた翠簾が、「増えて……ない」とつぶやいた。

蔡陵国で三つ善行を積み、千二となっていたそれは、相変わらず千二のままだ。

「さっきの通訳がなんで数えられてないわけ？　ちゃんと、感謝もされたのに」

思わず崋山のくつろいでいる寝台の上に飛び乗った翠簾が、その手をつかんで、

「これ、壊れてるんじゃないの？」

左右に振ったり、甲を軽く叩いたりしてみる。崋山が呆れたように告げた。

「仮にもあのババァの術だ。そんなはずはねえだろ」

その言葉が意外で、翠簾が手の甲から崋山自身へと視線を上げる。この妖魔の口から西王母の力を認めるような言葉が出るのを、初めて聞いたような気がした。

「アンタって実は、意外に西王母様と仲良しだったりしない？」

「……止めろ。誰が、あんな根性の捻じれくさったババァと。おぞましい」

崋山がこの上なく不機嫌な顔を作って見せる。だが、自身の手に添えられた翠簾の手を振り払う気はないようで、そのまま告げた。

「あの商隊の奴らからは異国の香に混じって、血の臭《にお》いがした」

剣呑《けんのん》な言葉に、翠簾の表情が変わる。眉をひそめ、どういうこと、と尋ねる。

崋山の琥珀色《こはくいろ》の瞳がすうっと細まる。

「あいつらの身体つきは商人のものじゃない。厚い布地で隠されてはいるが、俊敏で獰猛《どうもう》な獣みたいな肉の付き方をしてやがった。何より、あいつら全員、物騒な獲物を外套の下に隠してやがる」

崋山の言葉に、翠簾が自分の下唇に指先を当てるような仕草でつぶやく。

「──つまり、あいつらは商隊のふりをした、盗賊か何かってこと？ この街を狙《ねら》ってるってわけ？」

「たぶんな。おまけに、さっきアイツらがしゃべってた言葉だって、適当にそれらしい音を並べてるだけで、胡人でもなんでもねえ」

「なるほど……異国から来た商隊じゃなく、それを装った盗賊……だから、善行が加算されなかったわけね」

翠簾が納得したように肯くと、視線を下げ、崋山の手の甲に刻まれた数字を見やった。そして、自分がそれをまだしっかり握っていたことに気づくと、必要以上に無造作にそれを離した。崋山がからかうように言う。

「別に、ずっと握っててもよかったんだぜ？」

「バカ言ってないで、さっさと行くわよ」

翠簾がきびきびと寝台から飛び降りる。

「行くって、どこへだよ」

気だるげに問う崋山に、偉そうに胸の前で両腕を組んだ格好で、決まってるじゃない、と言い放つ。

「アイツらが盗賊だってわかってるんなら、早く退治しなきゃ」

「善行の為《ため》か？」

揶揄《やゆ》するような眼差《まなざ》しで問う崋山に、

「世の為人の為、そして何より、このあたしの為よ。当然じゃない」

平然とした顔で翠簾が告げる。あまり褒められたものではない答えを堂々と口にする翠簾に、崋山がくくっと笑う。珍しく、厭世的《えんせいてき》でない心から愉しそうな笑みだった。

「おまえのそういうとこ好きだぜ」

「え……」

「浅ましくて」

「…………」

一瞬、啞然《あぜん》となった翠簾の顔が、すぐさま歪《ゆが》む。頰《ほお》を膨らませ、フンとそっぽを向く。

「浅ましくて、悪かったわね」

「バカ。褒めてんだよ」

寝台から降りた崋山が翠簾の頭にポンと手を置く。そして、頭上でささやくように言う。

「おまえといると退屈しない」

「何よ、退屈、退屈って。あたしはアンタの玩具じゃ――」

頭に置かれた崋山の手を払いのけ、翠簾がプンプンと告げかけ――崋山の表情がいつもと違うことに気づき、それを止める。

かすかに微笑んだようなその顔は、ひどく静かだった。

「俺《おれ》には、生まれてからずっと、気が狂いそうに退屈な時間だけが無限にあった」

「――……」

「おまえに会えなきゃ、今もきっと退屈してたはずだ」

真《ま》っ直《す》ぐに自分を見つめてくる崋山に、翠簾が思わず目を見張る。さらりと告げられたその言葉が、何故《なぜ》かこの男の本心であるように思えた。

裸の言葉がじんわりと胸に沁《し》み込んでいく。いつしか顔が火照っていた。体中の血液が頬の辺りに集まっている気がして、翠簾が両目を周囲に泳がせる。

「………さ、さっさとあいつらを捕まえに行くわよ」

気恥かしさを誤魔化《ごまか》す為に、翠簾が口早に告げる。そして、何か言われる前に崋山を残して先に部屋を出た。廊下を歩きながら、火照る頬を両手で包み込む。

(あたし、どうしちゃったの……なんで、赤くなってるのよ？　バカみたい)

共に旅をして十年——初めて、この妖魔の心に触れたような気がした。それがひどくこそばゆい。

最初は一時たりとも一緒に居たくなかった。出世街道から外れてしまったことが口惜しいやら、腹が立つやらで、始終、怒鳴っているか、緊箍呪を唱えているかだった。

それがいつしか、共にいることが当たり前のように思えてきた。崋山との他愛《たあい》ない言い合いを楽しんでいる自分が確かに存在する。そんな自分が、最近ではそれほど嫌いではない。悪くはない、と思うことすらある。

そんなことを考えている内に、廊下の角に掛けられた見事な細工の鏡の前を通りかかった。ふと視線をやったその先に映った自分の顔に愕然《がくぜん》とする。

両手を頬で覆ったその女は、照れくさそうに笑み崩れていた。

（これが、あたし……？）

自覚した途端、頭から冷や水を被《かぶ》せられたような気がした。

鏡の中の翠簾の顔が見る見る強張《こわば》り、その目元に苦い色が浮かぶ。何を浮かれているのだ、ときつく唇を噛《か》みしめる。

（……忘れたわけじゃない…………忘れたわけじゃないから……あたしは立派な仙女になる。そして、きっとこの罪を贖《あがな》う……それ以外のことは、いらない）

笑みの欠片《かけら》も残っていない顔で、己に言い聞かせる。

光を失った左目が悲しげにこちらを見つめている。その視線から逃げるように、翠簾が鏡から顔を背ける。

しっかりしなさい、と自分で自分の両頬を強く叩《たた》いていると、後を追って来た崋山が視界の隅に映った。廊下の角で立ち止まっている翠簾に、崋山が片方の眉を上げる。

「何やってんだ？　おまえ」

「――――うんん。なんでもないわ」

訝《いぶか》しげに問われ、翠簾は必要以上に強く首を横に振った。そして、殊更元気よく告げる。

「さあ、さっさと盗賊をとっ捕まえて善行を積むわよ！」

※

店の表で主人に尋ねたが、例の贋《にせ》商隊はまだ宿屋に戻っていなかった。

あのように黒尽くめの集団であるから、どこにいても目立つはずだが、小さな集落ならともかく、こう広くては探しだすのも一苦労だ。

「手分けした方がよさそうね」

と翠簾が提案する。崋山はあまり良い顔をしなかった。

「てめえ一人で、あの人数を片づけられんのか？」

「あたしが直接やりあうわけないでしょ。見つけたら、どうとでもしてアンタを呼ぶわ。そうしなきゃ、善行が加算されないじゃない」

ちょっとは考えてよね、と偉そうに腕を組んで告げる翠簾に、崋山が渋々肯く。

「まあ、てめえには俺の印があるから、まず見失うことはねえが、気をつけろよ」

「え……」

自身を案ずる言葉に翠簾が驚いたように腕を解く。その顎を崋山がぐいっと持ち上げた。

凄《すご》むように嗤《わら》う。

「てめえは、この俺様が喰《く》らうんだからな」

（なっ……珍しくやさしいこと言うと思えば、そういうことなわけ……）

少しむっとした翠簾が、崋山の手を払い「はい、はい。わかってるわよ」とその背中を雑踏に押しやる。

いかにもかったるそうに歩いて行くふてぶてしい後ろ姿を見送って、小さく息を吐く。手分けして探す云々《うんぬん》は、半分はただの口実だ。

少しの間、一人になって頭を冷やしたかった。

目を瞑《つぶ》り、深く息を吸って、大きく深呼吸する。冷たさを孕《はら》んだ外気が心地良く、もやもやとしていた気持ちが少しだけ楽になった。

ゆっくりとまぶたを開けた翠簾の顔は、毅然《きぜん》としていた。

「さてと……」

低くつぶやいて、道服の腰に手を置く。探すと言ってもただ闇雲《やみくも》に探すのでは効率が悪い。第一、頭脳派を自負する翠簾のやり方ではなかった。

「あたしが盗賊だったら、まずどこに行くかしら?」

指を折りながら、考えを馳《は》せる。

仙人には勘が鋭い者が多い。翠簾も、日頃《ひごろ》から己の直感を大切にしていた。

「そういえば、李家の主人が森のことを言ってたわね……」

いやに立ち入《と》ることを止めていた。おそらく親切心から来るものだろうが、疑《うたぐ》り深《ぶか》い者が聞けばどう思うだろうか。

「部外者に見せたくない物――例えば、秘密の財宝とかを隠してる、とか邪推しちゃったりして」

そう考え、翠簾の足が一路、街の奥に向かおうとし、周囲の視線がいつの間にか自分に集まっていることに気づく。

(いけない、いけない)

と立ち止まった翠簾が、自身の額に右手の人差し指と中指を置き「《疾》」と唱える。すると、翠簾のきらびやかな容姿が、まるで雑踏の中に埋没してしまった小石のように目立たなくなった。そうして、最も人が多い市場の人ごみの中を悠々と歩いて行く。

「えーっと、森に行くのはどっちかしら……？」

道が三つに分かれるところで、翠簾が背伸びをして、きょろきょろと周囲を見わたす。すると、後頭部に強い視線を感じた。じっとりとからみつくようなそれに振り返ると、なんとも美しい容貌《ようぼう》の娘が立っていた。

目尻《めじり》の下がった双眸《そうぼう》は黒目がちで、睫毛《まつげ》がひどく長い。高く結った髷《まげ》に白木蓮《はくもくれん》の生花を挿し、前髪をすっきりと上げた額に花鈿《かでん》の模様が描かれている。ゆったりとした長　裙《ロングスカート》の腰のところを鈴のついた長い裙帯《おび》で締め、透き通るように白い肩に袖《そで》の大きな羅衫《透けた上着》を羽織ったその姿は、絵の中から抜け出してきた天女のように美しかった。

思わず目を奪われた翠簾が、目を凝らして女を見つめる。女は翠簾と視線が交わると両目を細めてゆったりと微笑み、すっと人ごみの中に紛れた。女の裙帯《おび》の先についた鈴が、しゃらん、と音を立てる。その高い音に我に返った翠簾が両目を瞬かせる。

(何……今の……？)

魂を入れ忘れてしまった人間か、命を吹き込まれた人形――と言ったらいいのか。

それこそ怖いほどに美しいのに、まるで幻を見たように実体感がない。

(……それに、なんであたしを見れたのかしら)

術により、今、翠簾は誰《だれ》の気にも留まらぬようになっていると言うのに、何故、あれほどじっと見つめてこられたのか。

咄嗟《とっさ》に、彼女の後を追うべきか否《いな》か逡巡《しゅんじゅん》する。だが、結局は盗賊探しが先だと思い直し、三つに分かれた道の内、一番左を選んで進むことにした。

しばらく道なりに進んでいくと、遠くに高い山が見えた。おそらく、あの山の裾野《すその》まで森が続いているのだろう。

自分の選んだ道が正しかったことに、ひそかな満足を抱きながら、翠簾が森に足を踏み入れる。木々が鬱蒼《うっそう》と生い茂り、人が通る用というよりは獣道に近い悪路が蛇行し、時折枝分かれしつつ奥へと続いている。足元に注意しながら進むと、道の端に何か光るものがあった。拾ってみると、細い金の腕輪だった。確か、贋商隊の長の男の手首にこれと同じ物が光っていたはずだ。

「——やっぱり、ここに来たのね」

翠簾が気を引き締め、間断なく辺りを見まわす。ひたすら木々と茂みが広がっているだけで、周囲に人影はない。翠簾が両目を閉じ、人の気配に意識を集中させる。

すると、左手の方に数人の人間の気配があった。ざわざわと蠢《うごめ》いている。

(どうする？　崋山《アイツ》を呼ぶ？　でも……)

一瞬の躊躇《ためら》いの後で、軽く頭を振る。とりあえず状況を確認する為に、気配の方向に足を進めた。視線の先に、木々が丸く開けた場所があった。

警戒しつつ翠簾が木々の合間から顔をのぞかせると、窪地《くぼち》を利用して建てられた小屋の前で、幾人かの男女が揉《も》めているのが見えた。

落胆した翠簾が、一気に警戒を解く。違うとわかれば、ここに用はない。翠簾が再び元来た道に戻ろうとすると、その中の一人が、震える声でうめいた。

「喬《きょう》先生。あの薬は……まだ出来ねえんですかい？」

その声があまりに切迫していたので、翠簾が動きを止める。

声の主は痩《や》せた驢馬《ろば》のような顔をした男だった。俺は、アイツがねえと不安で眠れねえんだよ、と小屋の入口に立った若い男に詰め寄る。

「材料が足りないんです。辰砂《しんしゃ》が手に入らなくて……」

詰め寄られた若い男が、ひどく申し訳なさげに告げる。

人々の間からうめき声がもれる。中にはぐったりと項垂《うなだ》れる者や、わっと泣き出す者まで出た。そんな彼らを、若い男が必死に宥《なだ》める。

「今、小喬《しょうきょう》が宿屋や食べ物屋をまわって、商人や旅の方たちに持ち合わせがないか、尋ねてまわっているところなんです……ですから、もう少し待っていただけませんか？」

辰砂ねえ、と唇に軽く指の脇《わき》を咥《くわ》えた翠簾が、人々の様子を見ながら考える。

辰砂と言うのは貴重な赤い石だ。命の石、などと呼ぶ者もいる。精神を鎮めたり、安眠を促したりする効果がある。

（なるほど、あの若い男の人は薬師で、この人たちは心を病んでるってわけね）

木々の合間から顔だけのぞかせた翠簾が、人々を見やる。みな、痩せこけ青ざめた顔をしていた。肌は荒れ、目の下には濃い隈《くま》がある。

両目を細めた翠簾が胸元に手をやる。生憎《あいにく》、辰砂の持ち合わせはない。だが、そういった用途の丸薬なら持っている。翠簾の顔がニヤリとした。

（そうだ。どうせなら、崋山を呼んで……――って、何考えてんのよ）

慌てて、ぶんぶんと頭を振る。一瞬でもそんなことを考えた自分が嫌になった。胸元に護符のように入れてある小さな薬袋を取り出し、握りしめる。

「《疾《ち》》」

翠簾は先ほどかけためくらましの術を解くと、茂みから出て、うつむき黙りこくる人々の前に姿を現した。もし――そこな、薬師殿と声をかける。

「!?　え……あ、なんでしょう」

いきなり現れた女に呼びかけられた若い男が驚いた顔を上げる。彼のまわりにいた者たちが、それぞれ怯《おび》えた眼差しを向けてくる。

「私に、何か御用でしょうか？」

若い男が皆を庇《かば》うように前に出る。ほっそりとした中背で、これといった特徴のない穏やかな顔をした男だが、深みのある良い声をしていた。

「驚かしてすみません。わたくしはわけあって旅をしている仙女で、翠簾と申します」

自らの身分を名乗ったことと、慈愛深いその微笑《ほほえ》み、そしていかにも仙道の者という翠簾の姿を見て、若い男はかすかにほっとしたようだ。他の者たちも、男と翠簾を交互に見やっては、戸惑ったような顔をしている。

翠簾は彼ら一人一人に向け、にっこりと微笑んでみせた。その美しさに、驢馬顔の男や中年の女までもが、魂を抜かれたような表情になる。

場の雰囲気が少しやわらいだところで、翠簾がおもむろに口を開く。

「失礼とは思いましたが、皆さんの話を聞いてしまいました。なんとかお力になりたいと思いまして、些少《さしょう》ではありますが、これを――」

そう告げ、若い男の手のひらに赤い米粒大の丸薬を人数分授ける。男が眼《め》を細めた。

「仙境で練丹された丸薬です。精神を平穏に導き、不安を除いてくれます」

翠簾が真っ直ぐ若い男を見やる。

どうしてそれを、という顔つきになる男に、翠簾が先んじて告げる。

「辰砂という言葉を耳にいたしましたので」

「それでは、薬種の知識が……？」

「ええ。仙境におりました際に」

少々、と翠簾が穏やかに微笑む。若い男は手の中の丸薬をじっと見つめると、もう一度、翠簾の両目に視線を戻した。翠簾は何も言わず、男の細い目をじっと見つめた。

やがて男は、翠簾に深く礼を言うと、皆に丸薬を配った。すがるように見やる患者たちの顔を順に見やって、大丈夫だ、というように強く肯《うなず》いてみせる。

患者たちはようやく安堵《あんど》したように薬師に礼を言うと、翠簾にも深々と頭を下げて森を出て行った。うつむいた顔を隠し――まるで誰かの視線から逃れるように去って行く。

「――だいぶ、心を病まれているようですね」

「……自分を騙《だま》すことの出来ない、やさしい人たちなのです」

翠簾の言葉に、男はひどく虚《うつ》ろな目をしてつぶやくと、翠簾に視線を向け「本当に、ありがとうございました。私はこの阿南の薬師で、喬白秋《はくしゅう》と申します」と名乗った。

そして、小屋の入口へと視線を移すと、遠慮がちに翠簾を誘った。

「よろしければ、お茶でも飲んで行ってください。何もありませんが――」


小屋の中はわりと片付いていたが、部屋の隅々まで薬臭かった。白秋の着ている瑠璃色《るりいろ》の胡服からも同じ臭いがした。広くもないし、華美でもない。だが、人のぬくもりのようなもので満ちている部屋は、存外に居心地がよかった。

白秋は奥の厨房《ちゅうぼう》に向かうと、慣れた手つきで甕《かめ》からくんだ水を入れた薬缶《やかん》を炉の火にくべ、戻って来て机の上の物を端に除《よ》け、翠簾に席を勧めた。

背もたれのない木の椅子《いす》に優雅に腰かけ、翠簾が周囲を見わたす。

「ここには、お一人で暮らしていらっしゃるのですか？」

「……いえ、今は弟子と二人で暮らしております」

何故か顔を曇らせ白秋が答える。おそらく、先ほど名の上がった、小喬と言うのがそれだろう。白秋の視線が机の上をさ迷うのを見て、翠簾はあえて話題を変えた。

「薬の調合はご自身で？　それとも、どなたかに主従して？」

「死んだ母が薬師でした。母の死後は、見よう見まねで……」

白秋が告げる。亡き母を語る彼の声音には、尊敬と思慕が滲《にじ》み出《で》ていた。

「御父上は？」

「父は……父は、薬師ではありません。この街の長《おさ》のようなことをしています」

その声音は先ほどと変わらなかったが、そこに母を語った時のような情愛は感じられなかった。

翠簾は少し間を開けると、その声音をわずかに落とした。差し出がましいようですが、と前置きをし、告げる。

「先ほどの彼らは、何にそれほど不安を感じているのですか？」

「……――すみません。お湯が沸いたみたいだ」

ひどく挙動不審に視線を厨房へと逸《そ》らせ、白秋が忙《せわ》しなく立ち上がる。

しばらく薪《まき》を足したり、茶碗《ちゃわん》を用意する音が聞こえた。その内、薬缶が吹く高い音がして、湯を茶碗に注ぐ水音が聞こえてきた。甘い匂《にお》いが部屋に充満していく。

白秋が平たい盆の上に茶碗を二つ乗せ、戻ってきた。

「薬草茶です。ちょっとクセがあるので、お口に合うといいのですが」

茶碗を机の上に置きながら穏やかに告げる。

翠簾が、いただきます、と微笑んで出された薬草茶を口に含む。とろとろと甘く、足の先からポカポカと温まっていくようなお茶だった。

茶の味を楽しむように茶碗を見つめつつ、翠簾がチラリと向かいに座る薬師に視線を向ける。白秋は穏やかに茶を啜《すす》り、先ほどの翠簾の質問に答える気はないようだった。

(そういえば、宿屋の小父《おじ》さんも……)

街の内情に立ち入った崋山の質問を、とってつけたような笑顔で曖昧《あいまい》にしていた。

奇妙な一致に、翠簾はもやもやとしたものを感じる。だが、あくまで己の胸の内にだけそれを留め、「美味《おい》しい」と薬草茶を褒める。白秋が嬉《うれ》しそうにはにかんだ笑みをもらした。

日の当たる部屋で薬種の香りに包まれ、こうして甘い茶を飲んでいると、いかにものんびりと平和な街に思える。

(なんか、引っ掛かるんだけどな)

翠簾が内心、眉間にしわを寄せていると、入口がバンと開いて、小柄な娘が飛び込んで来た。

小麦色の肌をした眼の大きな愛らしい娘で、黒くつやつやの髪を左右にわけてお団子に結っている。

「先生、ダメだったよ。誰も、辰砂、持ってないって。後で、もう一度、行ってみるね」

小さな肩で息をしながらそう報告する少女に、白秋がやさしく告げる。

「大丈夫だよ、小喬。この仙女様が、丸薬をわけてくださったから」

「え？　仙女様って？」

驚いたように目を丸くし、こちらに視線を向けた少女・小喬に、翠簾がにっこりと微笑んでみせる。小喬は翠簾の笑顔に見惚《みと》れたようにぽけっと半口を開けていたが、

「じゃあ、丁度良かった」

と言って、にっこりした。懐から、まだ湯気の出ている包みを取り出す。

「これ、春麗のとこでもらったんだ。春麗の姉ちゃんが朝、作っといてくれたんだって。焼き立ての胡桃餅《くるみもち》だよ。皆で食べようよ、先生」

そう言うと、白秋の返事も待たずどこからともなく皿を出してきて、胡桃餅を並べ始めた。客である翠簾の皿に二つ、師の皿に二つ、自分の皿には一つだった。

「私はいいから、おまえがお食べ」

白秋が自分の皿から饅頭《マントウ》を取り、小喬の皿に乗せてやる。すると、小喬が唇を尖《とが》らせた。

「ダメだよ。先生も食べなきゃ。一緒に食べたことにならないよ」

「じゃあ、一ついただこう。それでいいかい？　私は一つで充分だから」

師の言葉に、小喬が自分の鼻先を見るような顔になって熟考し、それから嬉しそうに二つの饅頭を食べ始めた。

しかし、翠簾が自分の分もあげようとすると、それはきっぱりと拒んだ。

「お客様からはもらえないよ」

だが二度三度と勧めると、決意がぐらついたらしく「……では、一つだけ」と恥ずかしそうに手を伸ばした。その様子がほほえましく、翠簾が演技ではない笑みをもらす。年を聞くと十四だという。だが、朗らかな性質のせいか、実年齢よりもだいぶ幼く見えた。

「小喬は若いのに、偉いですね」

親元を離れて弟子入りして、淋《さび》しくはないのかと尋ねると、少女は実にあっけらかんと答えた。

「アタシ、親はいないよ。この街の生まれでもないんだ」

「生まれは……蔡陵国です」

白秋がそっと言い添える。

それに思い出す。確か、蔡陵国はいたるところに戦で親を亡くした子供がいて、ほんの幼い子供でも大人に混じって働いていた。この少女もその一人なのだろう。

「それは、知らぬこととは言え……すまぬことを申しました」

可哀相《かわいそう》なことを聞いてしまったと思い、翠簾がいつになくうろたえる。そんな翠簾に、小喬は片方の頬にえくぼを作って見せると、にっこり言った。

「いいよ、仙女様。気にしないでください。今は先生と一緒にいられて幸せなんだから」

飾り気のない真っ直ぐな答えだった。ひねくれたところも、己に酔ったところもない。よくぞここまで、曲がらずに育ったものだと翠簾が感心する。この若い薬師がよほど愛情をもって大切に育てたのだろう。

(師父とあたしも、他人から見たらこんな感じだったのかしら……？)

自分は小喬のように真っ直ぐではなかったし、師父の二郎真君もたぶんに変わったところのあるお方だったけれど――。

そう思うと、目の前の極々平凡な男が敬愛する師父と重なって見えた。

翠簾がそっと頬を緩ませる。

「――そうだ。おまえの分の薬草茶も淹《い》れてこなきゃね」

美味《おい》しそうに胡桃餅《くるみもち》を食《は》んでいる弟子をこの上もなくやさしく、だが、どこか苦しげに見守っていた白秋が、思い出したように告げる。席を立とうとした彼に、小喬が「あ、先生」と小さな顔を上げた。白秋が、ん？　という顔で振り向く。

「なんだい？」

「さっき長老が、夕方になったら先生と一緒に家に来なさいって言ってました。どうしたのかな？　晩ご飯でもご馳走《ちそう》してくれるんですかね？」

小喬の無邪気な言葉に白秋の瞳《ひとみ》が、一瞬、ひどく虚ろになった。だが、すぐに元の穏やかな表情に戻ると、

「……さあ、どうだろうね」

と無理やり作ったような笑みを浮かべ、炉の前へ向かった。薬缶を持つその手がかすかに――だが、確実に震えていることを翠簾は見逃さなかった。

※

「なんだ、こりゃ……」

崋山は目の前に横たわる光景に眉《まゆ》をひそめた。

「ぐちゃぐちゃじゃねえか」

――翠簾と別れた後、例の贋商隊の匂いを辿《たど》った彼は、いつしか街の外へ出ていた。外部の仲間と落ちあう為《ため》に、一旦、街の外に出たのかもしれないと思い、匂いを辿りながら街道を歩く。崋山の容貌魁偉《ようぼうかいい》に道行く人々の誰もが一瞬、ぎょっとして立ち止まる。だが、崋山は彼らなど眼中にもない。

歩き続け、阿南の街から四里ほどのところで、男たちの匂いがぶつりと途切れた。

周囲はいかにも荒野といった感じで、小屋の一つも建っていない。だが、岩場が多い為、身を隠す場所にはことかかなさそうだ。

（面倒臭ぇな……）

うんざりしながらも、崋山が辺りの気配を探っている内に、大きな岩陰に隠れるように散らばっている贋商隊の残骸《ざんがい》を見つけたのである。

赤い肉片と内臓、骨を小山のように積み上げ、頭部がその上に並んで置かれている。

咽返《むせかえ》るような臭《にお》いの中、崋山がその前に膝《ひざ》を折り、細切れになった肉片の一つをつまみ上げる。血がまだ固まっていないらしく、ねばっと鮮血が糸を引いた。鋭い刃物でずたずたにされたようなその傷口は、何故《なぜ》かたぶんに水気を含んでいた。

他の肉片もざっと見分する。両目をカッと見開いた頭部からは、今にも断末魔の叫びが聞こえてきそうだ。死に際の恐怖がありありとその両目に残っている。

「――……バラされてすぐか」

肉片を放《ほう》り捨てた崋山が、物憂げに周囲に視線を這《は》わす。怪しい人影どころか、街道を行く人の姿もない。

腹をすかせた獣や妖魔《ようま》の仕業でないことは、肉や内臓が丸々残っていることから、一目《いちもく》瞭然《りょうぜん》だ。――しかし、人の手で成せる業とも思えない。

眉をひそめつつ、バラバラになった肉片の中で、もっとも形をとどめている足を拾い上げる。何気なく靴の裏を見、崋山が片目を細める。血の匂いに混じってかすかに青臭い匂いがした。靴の裏を拭《ぬぐ》ってみると、草の汁がついていた。

だが、この周辺は見わたす限り荒野だ。草の汁がつくような茂みなどない。崋山がもう一方の瞳も細める。

この街で悪さを働こうという輩《やから》などいない、と言った宿屋の主人の顔が頭に過る。

「――平和な街ねえ」

鼻の頭にしわを寄せた崋山が、細切れの肉片と化した男たちを見やる。

「どうにも、胡散《うさん》臭ぇな」


成敗するはずの盗賊が死んでしまっていては、いつまでも、ここに留《とど》まっていたところで始まらない。

早々に街に戻った崋山は、街中の通りを歩きながら改めて街の様子を見やった。

ぱっと見、いたって平和な街だ。豊かで、活気にあふれている。だが、よくよく見ていると、人々の動作が微妙にぎこちない。まるで何かに怯えているように、時折、チラチラと周囲を気にしている。

(そういえば、あの宿屋の親父《おやじ》もそんな感じだと、アイツが言ってたな……)

崋山が眉間《みけん》にしわを寄せ、道の真ん中で立ち止まる。不機嫌そうな顔で考え込む彼を、周囲の人々が明らかに避けるように迂回《うかい》していく為、崋山の周囲だけ妙に人がはけた。

(……とりあえず、アイツと合流するか)

翠簾の気配を探ろうと意識を集中させると、首筋の辺りに視線を感じた。ちりちりと、うなじにからみつくように注がれるその視線に、眉間のしわを深くした崋山が振り向く。その視界の先にはごく普通の民家があり、軒下に佇《たたず》む女がこちらをじっと見つめている。

驚くほど美しい女だった。

髷に挿した白木蓮の花よりも尚《なお》、白い木目細やかな肌に、濡《ぬ》れたような赤い唇が情欲を掻《か》き立《た》てる。だが、何かが足りない。その証拠に、崋山の食指はまるで動かなかった。本能的にこの女はダメだ、と言っている。

崋山が両目を険しくし、女の双眸を見すえる。女は怖れげもなくそれを見返し、しばらく互いに見つめ合った後、女は崋山から視線を逸らした。小さな鈴のついた長い裙帯《おび》を揺らしながら、人ごみの中に消えて行く。

——しゃらん、という高く美しい、だがどこか耳障りな鈴の音が崋山の耳に届いた。

(妙な女だ)

人間でもない。だが、妖魔でもない。

崋山が女の消えた辺りを見すえる。その眼光の鋭さに、ますます彼のまわりから人が遠ざかる。

その内、退屈になった崋山は欠伸《あくび》を嚙《か》み殺《ころ》し、再び歩き出した。

通りを抜け、中央の広場に出ると、すでに出店は片づけられており、朝と比べ明らかに精彩に欠ける風景だった。まだ日の入りまでには時間があるというのに、人通りも少なくなって、辛気臭いことこの上ない。

崋山が眉をひそめると、広場から少し外れたところにあるこじんまりとした酒家から、何かが派手に割れる音と、男の怒声が聞こえた。

（なんだ？　ケンカか？）

物見高い性質ではないが、退屈していたこともあり喧騒《けんそう》に誘われるように崋山が近寄る。

件《くだん》の酒家は、後ろにある民家に後から増築したような、なんとも粗末な店構えだった。その中央に大きく開け放たれた見開きの入り口から、崋山が店の中をのぞく。

店内は狭いが、そこそこに客が入っていた。入り口に近い席で、赤ら顔の大男が仁王立ちになってどなり散らしている。

「なんてことしやがる、この小娘!!　俺《おれ》の皮の靴が台無しになったじゃねえか！」

男の足元には、給仕らしき小さな娘が這いつくばっていた。泣きそうな顔で割れた酒瓶や皿を拾い集めている。

「お客さん、ホント、すみませんねえ」

少女を庇うように前に出た女主人が、愛想笑いを浮かべ、酒焼けした男に告げる。

「お靴にかかった汚れは、こちらで綺麗《きれい》にふき取らせていただきますから」

「ふき取るだと？　コイツがいくらしたと思ってやがる!!　この薄汚い店、二軒分くらいはするんだぞ!?」

男が大声で怒鳴る。どうやら、いちゃもんをつけ、酒代をただにさせようという魂胆らしい。崋山が鼻を鳴らす。

(アイツがいりゃあ、ほれ、善行の好機だなんだとうるせえだろうな)

だが、生憎、ここにいるのは崋山一人《じぶん》だ。ならば、彼女らを助けてやる義理など崋山にはない。気だるげに踵《きびす》を返す。

そんな崋山の背後で、女主人の威勢の良い啖呵《たんか》が響きわたった。

「はあ？　そんなカッコ悪い靴がそんな高値なわけねえだろ!?　一昨日きやがれってんだ!!　バーカ」

その乱暴極まりない物言いが、いかにもどこぞの仙女を彷彿《ほうふつ》させ、去りかけていた崋山の足が止まる。

「なんだと……このアマ……言わせておけば」

女主人の物言いに激昂《げきこう》した男が円卓を蹴《け》り倒《たお》し、彼女の胸倉につかみかかろうとする。だが、それより早く崋山の左手が男の頭をつかんで軽々と持ち上げ、店の外に放り投げた。

「てめ……なにしやがる!!」

頭から地面に投げつけられた男は、真っ赤になって怒鳴ったが、自分より更に高い崋山の背丈と、その筋肉質な体躯《たいく》を見ると、にわかに顔色を変えた。

崋山が男を見下《みお》ろした格好で、やる気か、と物憂げに告げる。

その抜き身の刃物のような両目にねめつけられ、震え上がった男が、ひぃ、とうめいてあたふたと逃げ出す。そして、だいぶ離れてから悔しげに叫んだ。

「クソ……！　覚えてやがれ……っ!!」

「……何で、俺がてめえなんざを覚えてなきゃなんねえんだよ？　バカか」

鬱陶《うっとう》しげに崋山が告げる。ハラハラと成り行きを見守っていた周囲の客から、わっと歓声が上がった。

「イイ気味だ。すっきりしたぜ」

「よそもんが、威張りやがって」

「兄さん、強いな」

だが、誰かが小声で「……いや、むしろ、まんまと食い逃げされたんじゃねえ？」と言った途端、周囲があっという雰囲気になる。しかし、当の女主人がぷっと吹き出し笑い出すと、皆もつられたようにゲラゲラと笑った。

崋山は興味なさそうに彼らから視線を逸らすと、自身の左手を見やった。手の甲に刻まれた数字が、千二から千三へと変化していた。

「驚いたよ。アンタ、すごい強いんだね」

かったるそうに髪を掻き上げている崋山の背中を、女主人が感謝を込めて軽く叩《たた》いた。

「ありがとう。助かった」

そう言って、にっこりと微笑む。なかなかに整った——それでいて男好きのする顔立ちだった。下唇がなんともいえず肉感的で、全体的に痩せ形だが、胸や尻《しり》まわりはたっぷりと肉がついている。翠簾とはまるで似ていなかった。

女の後ろで、先ほど半ベソをかいていた少女が、怖そうに崋山の長身を見上げながら
「あ……ありがとうございました」と小声で告げた。

「なんか食べてってよ。助けてくれたお礼に、なんでも奢《おご》るよ」

女が照れくさそうに言って、店の奥の席を顎《あご》でしゃくる。

食べ物に興味はなかったが、店にただよっている酒の匂いにわずかに心を惹《ひ》かれた。

(別に、他にやることがあるわけじゃねえしな)

盗賊はすでに死んでいる。なんとなく胡散臭《うさんくさ》い街だが、とりあえず差し迫った危険などはなさそうだ。翠簾に被害が及ぶことは、まずないだろう。

(アイツと合流するのは酒を飲んだ後でもいいな)

唇の端をわずかに持ち上げ、

「美味《うま》い酒はあるか？」

と尋ねると、女主人はニヤッと笑って見せた。

「この店で一番いい酒を出すよ」

※

薬師の小屋を辞した翠簾は、一時中断していた贋《にせ》商隊探しを再開した。

先ほど脇《わき》に逸れてしまった道を再び奥へ進んでみる。すでにだいぶ薄暗くなった森の中はひどく静かだった。普通なら獣の一匹、鳥の一羽ぐらいお目にかかりそうなものだが、この森からは動物の気配がまるで感じられない。

耳が痛くなるほど静かな森の中を、ますます険しくなる道を進んで行くと――。

「あら……？」

翠簾が小首を傾《かし》げる。木々の枝や勾配《こうばい》に気をつけながらだいぶ奥まで進んだつもりが、いつの間にか元の小屋の前に戻って来ている。

「おかしいわね」

翠簾が両腕を組んで、今歩いて来た道を見やる。意識を研ぎ澄まし、贋商隊の気配を探るも、何もひっかからない。もう、森を出てしまったのだろうか。

「折角《せっかく》、手掛かりを見つけたのに」

手の中の腕輪を握りしめ、ため息を吐く。翠簾は仕方なく、それを懐に入れて森から出た。すでに日がだいぶ西の空に傾いている。

「とりあえず、アイツと合流しますか」

もしかしたら、崋山がすでに見つけて善行を積んでいるかもしれない、と希望的観測をしつつ翠簾がぶらぶらと通りを歩く。赤く染まった街は妙に静まり返っている。街の中央にある広場まで出ても、人通りはほとんどなく、店も軒並み閉まっていた。

（そういえば、夜は休みって言ってたわね）

宿屋の主人の言葉を思い出した翠簾が、ぐるっと周囲を見まわす。皆、各々の家の中にいるのだろうが、灯《あか》りがともっている家がほとんどない。

（あら……あそこは、灯りがともってるわね……）

小さな酒家が目に留《と》まった。赤い壁の粗末な酒家で『紅春酒家』と金字で書かれた小さな看板が下がっている。他の店と同じように店じまいしているようだが、店の奥からはなんとも良い匂いが漂ってくる。

温かい灯りに誘われるように店へ向かい、躊躇《ためら》いがちに両開きの戸口の片一方を開け、こっそりと中をのぞく。その瞬間、翠簾の顔が大きく歪《ゆが》んだ。

（なっ………………!?）

そこには盗賊を探してるはずの崋山がいた。一番奥の大きな円卓で、王様のようにふんぞり返って酒を喰《く》らっている。

「崋――――」

怒髪天を突いた翠簾が怒鳴りかけ、咄嗟《とっさ》に口をつぐむ。奥の厨房から若い女が出て来たからだ。女は崋山の隣の椅子に腰を下ろすと、慣れた動作で崋山の杯を満たした。

同性の翠簾の眼から見ても色っぽい女だった。女の細く白いうなじを見ている内に、胸の中がもやもやとしてくる。

（な……なんなのよ……）

女が崋山に向かって愉《たの》しそうに話しかけ、声を立てて笑う。無性に腹が立ってきた。

（何よ、アイツ……善行も積まないで……女の人なんかとお酒なんか飲んで）

戸口の陰から翠簾がギリギリとにらみつけていると、崋山が視線を上げた。翠簾に気づくと、ちょっとの間があって、唇の端をニヤッと吊《つ》り上げた。そして、さも見せつけるように悠然と酒を飲む。それどころか、戯れのように女の肩に腕をまわすと、やさしくそれを抱き寄せ、翠簾の方にチラリと視線を寄越《よこ》してくる。

（コ、コイツ…………）

戸口をつかむ翠簾の手がぶるぶると震える。

ニヤニヤと笑った崋山が、女の豊かな黒髪に口付け、耳元で何事か――おそらくは不埒《ふらち》な台詞《せりふ》だろう――ささやくと、顔を赤らめた女がくすぐったそうに笑う。

翠簾の頭の中が真っ白――否《いな》、怒りのあまり真っ赤になる。気づくと、目の前の戸口を蹴り飛ばすように開けていた。気づいた女が顔を上げる。

「――ああ、ゴメンね。お嬢さん。今日はもう店じまいなんだ」

「……わたくしは、そこの男の連れの者です」

一変して穏やかな表情を作った翠簾が、にっこりと告げる。

えっ、という顔になった女が、崋山と翠簾を交互に見やり「なんだ、こんな可愛《かわい》い子がいるんじゃないか」と崋山の腕を邪険に払う。

「からかうんじゃないよ。うっかり、その気になっちまったじゃないか」

そんな女を崋山が抱き寄せ、これ見よがしにその耳に口付けする。

「その気になってくれていいんだぜ。なんせ、普段、乱暴な貧乳女しか側にいねえからな。たまには、おまえみたいな色気のある女が欲しいんだ」

そこでチラリと翠簾に視線を寄越す。

その目が、悔しかったら、てめえもこれぐらい色っぽくしなを作ってみせな、と言っている。その不遜《ふそん》な目つきに翠簾の中で、ぷつりと音がした。

表面上はあくまで美しく微笑《ほほえ》んだまま店内に入り、二人が座っている円卓まで優雅な足取りで歩み寄る。

「連れが、とんだ無作法をいたしました。お赦《ゆる》しください」

「え……いや、べ、別に……あたしは何も……」

　女に向けて丁寧に謝罪する。顔を赤らめたまま慌てて頭を振る女から、ゆっくりと視線を崋山に移す。

「善行も積まず、こんなところで油を売っているとは……おまえにも本当に困ったものだ」

　その目が一気に冷ややかになる。あたかも虫けらを見るような目つきで自分を見下《みお》ろす翠簾に、崋山がフンと鼻を鳴らす。

「善行なら積んだぜ」

　ふてぶてしく告げる。それに、翠簾の両目が細まる。

「――件《くだん》の者たちを始末したのか？」

「いいや。アイツらなら、勝手に死んでた」

「………そうか」

　冷ややかに崋山を一瞥《いちべつ》し、直後、その両目を剝《む》く。

「この嘘《うそ》つき猿め」

「!!」

　翠簾が緊箍呪を唱え始めるや、椅子の上でふんぞり返っていた崋山が、一転、顔をひきつらせ円卓に顔を突っ伏す。杯が倒れ中の酒が円卓に流れた。女がぎょっとしたように立ち上がる。

「え……やだ、アンタ、ちょっと……大丈夫なの？」

崋山はそれに構わず、頭を抱えたまま悶《もだ》え苦しみ、翠簾は経を唱えるのを止めない。

「ま、待て……俺が、悪かった……」

痛みに引《ひ》き攣《つ》った顔で早々に謝罪した。だが、翠簾は経を唱えるのを止めない。

「……善行を積んだのは……ホント、だ……ほら、一つ増えてるだろ？　な？」

崋山が手の甲を掲げて見せる。翠簾はそれを一瞥するも、まだ経を止めなかった。崋山が眉間にしわを寄せ、うめくように告げる。

「おま……ホント、止めろ……」

ついに崋山の長身が椅子《いす》から落ち、床を転げまわったところで、ようやく解放した。

崋山が荒い息遣いを繰り返す。

「この野郎……思いっきり私情で……唱えやがったな……」

「これに懲りたら、少しは自重しろ。この色惚《ぼ》け猿が」

床の上から憎々しげにうめく崋山に、翠簾が冷たく言い放ち、フンとそっぽを向く。

「な……え……ええ……？」

呆気《あっけ》に取られた顔で崋山と翠簾を交互に眺めていた女が、やがて笑い出した。

「なんかわけわかんないけど、あんたらおもしろいね」

「え——？」

翠簾が高らかに笑う女の顔をまじまじと見る。そして、たじろいだように、

「こ……これは、お見苦しいところを——」

とその場を取り繕う。いいから、いいから、と言うように女が翠簾の肩をポンポンと叩き、空いている席を引いて彼女に勧めた。

「これから賄《まかな》いを食べようと思ってたとこなんだ。今、妹が支度してるんだ。よかったら、アンタも喰って行きなよ」

「え……いや、それは——」

思いもよらない展開に、翠簾が狼狽《ろうばい》する。女が床の上の崋山を顎でしゃくってみせる。

「そこの兄さんがさ、あたしと妹が性質の悪い客にからまれてるところを助けてくれたんだよ。だから、お礼にってあたしが無理に引きとめたんだ。だから、あんまり苛《いじ》めないでやってよ。ね？　ね？」

「……は、はあ」

両手を取って、じりじりとにじり寄ってくる女の肉厚な唇とふくよかな胸に、翠簾がなんとなく肯《うなず》いてしまう。流されるように、わかりました、と告げると女は「よかった！」と笑い、料理を取ってくると言ってすぐ脇にある厨房《ちゆうぼう》に入って行った。

後に残された翠簾が、毒気を抜かれたようにぽかんとした顔で、厨房と店内を仕切ってい

る赤い屏風《びょうぶ》を見つめた。おずおずと女に言われた席に着く。円卓の上にこぼれたままの酒が、ぷんと香った。

「ったく……ひでえ目に遭った」

ようやくまともに息がつけるようになった崋山が床の上に起き上がる。呆然《ぼうぜん》としている翠簾を見上げて、おもむろに当てこする。

「ちゃんと仕事してんだろうが……トチ狂いやがって」

「…………」

ここぞとばかりにいびろうとする崋山の足を、翠簾が無言で踏みつけた。

しばらく経《た》って女が運んで来たのは、肉と魚と野菜がふんだんに入った真っ赤な鍋《なべ》だった。花椒《さんしょ》のきつい香りがいかにも食欲をそそる。

「――さあ、座って。食べよ。食べよ」

円卓を布で手早く拭《ふ》き、中央に鍋を置いた女が、各々の席の前に箸《はし》と皿を並べながら、陽気に告げる。崋山が翠簾の隣にドカッと座り、女は更にその隣の席に座った。そして、厨房に向けて声を上げる。

「アンタも早く来な。食べ始めちゃうよ」

その声に促されるように、赤い屏風の後ろから幼い少女が、おずおずと現れた。小柄な少女は姉と翠簾の間の空いている席に、ちんまりと座った。薬師のところの小喬と同じくらいの年だろうか。その眼《め》が兎《うさぎ》のように赤いのを見て、翠簾がやさしく告げる。

「先ほどは、よほど怖い思いをしたのですね？　可哀相に」

少女がはにかんだ顔で下を向く。

木杓《きじやく》で鍋の具と汁をすくい、各々の器にとりわけながら女が苦笑した。

「ああ、その子なら気にしないで。ここんところずっと、そんな調子だから。おかげでいつにも増してヘマが多くてね。この数日で皿を何枚割られたことか」

「……ごめんなさい」

少女が申し訳なさそうにしょんぼりする。女は木杓を片手に持ったまま、慰めるように少女の柔らかな髪をくしゃっとした。

「仕方ないよ。アンタは、あんなに仲良くしてたんだから——ああ、こっちのこと」

話が見えず首を傾げる翠簾に、曖昧《あいまい》に笑みを返し、女が告げる。

「さあ、しめっぽい話はなし、なし！　ほら、うちの名物だよ。腹一杯食べてよね」

崋山が最初に箸をつけ、少女もおずおずと箸を取る。翠簾が箸をつけずにいると、

「ああ、そっか。仙女さんは肉も魚もダメなんだね。うっかりしてた」

自分で自分の額をぺちんと打った女が、脇の厨房に入って行き、饅頭《マントウ》が並んだ皿と、こまかく刻んだ搾菜《ザーサイ》の浮かんだ粥《かゆ》を持って戻ってきた。

「残り物だから冷めてるけど、これなら食べられるだろ？　饅頭は野菜しか入ってないよ」

女の心遣いに礼を言って、翠簾が粥を口に運ぶ。搾菜《ザーサイ》の塩味が効いていて美味かった。

「よかったら、胡桃餅《くるみもち》もあるんだよ。やっぱり冷めてるけど。――ああ、兄さん。酒は足りてるかい？　だいぶ寝かせた老酒《ラオチュウ》があるけど、飲むかい？」

如才なく気を配りつつ、自身でもモリモリとよく食べよく飲む。そして、酒場の女だけあり、話し上手だった。女の語る話はどれもおもしろく、次第に翠簾の心もほぐれていった。

客の引けた酒家に、思いがけず温かい時間が流れる。

団欒《だんらん》と言うものに慣れていない翠簾には面映《おもは》ゆくすらあった。

「アンタたちってさ、ずうっと旅してるわけ？」

翠簾が肯くと、女がうっとりとした顔になった。遠くを眺めるような目で告げる。

「いいなあ。旅から旅への日々かぁ……――ねえ、あたしとこの子も連れてってよ？」

「え……？」

唐突な女の申し出に翠簾が驚いた顔になる。姉の脇で鍋を口に運んでいた少女が不安げに「……お姉ちゃん」と言った。

「わかってるよ」

と女がため息を吐く。そして、背中を椅子の背もたれに預け、首を動かして店の中をぐるっと見まわす。

「この店と兄貴を置いて行くわけにゃいかないからね。──でなきゃ、こんな街、さっさと出てってやるのに」

最後の方はかなり乱暴な口振りだった。それに、

「お姉ちゃん！」

少女が先ほどよりも強く姉をたしなめる。隣に座る姉をしっかりと見すえながらも、青ざめたその顔は、しきりに窓の方を気にしているようだった。

黙って杯を傾けていた崋山が、初めて少女に向けて言葉を発した。

「──そこに、何かいるのか？」

「!!」

崋山の言葉にびくっとした少女が、急いで頭を振る。ぶんぶんと、まるで頭が千切れそうなほど強く首を横に振る少女に、崋山は「そうか」と言い、再び杯を傾けた。

少女の不可解な反応が、何故か、李家の主人や喬薬師の小屋の前にいた男女のそれと重なり、翠簾が眉をひそめる。

「こんな街などと……ここは、とても良い街ではないですか」

いよいよ強くなる違和感を胸に、翠簾があえて何も気づかぬ振りを装う。女が皮肉げに笑った。

「良い街だって？　とんでもない。ここは最低の街さ」

今まで明るく光っていたその両目に暗い影が落ち、女はいっそ吐き捨てるように言った。

「この街の奴《やつ》らは皆、人でなしだよ。あたしやこの子も含めてね」

「お姉ちゃん……ねえ、止めてよ……ねえ」

青ざめた少女が、身を乗り出して懇願するように姉の袖口《そでぐち》を引く。

翠簾がチラリと崋山に視線をやると、崋山も少女の様子をじっと見つめていた。酒を飲む手が止まっている。翠簾が女に視線を戻し、宥《なだ》めるような笑顔を作って告げる。

「ここの街の方がたは、とても良い方ばかりではないですか。先ほども、喬先生という薬師の方にお会いしましたが――」

白秋の名を出すと、陰鬱《いんうつ》としていた女の眼つきがにわかに剣呑《けんのん》になった。せせら笑うように告げる。

「喬先生だって？　アイツこそ、人でなしの権現みたいなもんさ。アイツの親父と合わせてね。善人面して、最低の奴らだよ」

（人でなしの権現……？　善人面って……）

思いもよらない返答に、翠簾が内心混乱していると、ガタンと大きな音がした。

「お姉ちゃん……っ!!」

椅子を後ろに倒して立ち上がった少女が、姉にしがみつく。今にも泣きそうな顔で、がむしゃらに頭を振っている。それに、女がにわかに正気に戻る。

「――どうやら、調子に乗って飲み過ぎちまったみたいだね」

女は自分にしがみついている妹の背中を宥めるように撫《な》でてから、立ち上がった。倒れた椅子を直し、その上に妹を座らせる。

「ちょっと水を飲んで、酔いを醒《さ》ましてくるよ」

そう告げ、厨房ではなく、店の外に出て行った。

しばらくして戻ってきた女は、明るい笑顔でまた陽気なおしゃべりに興じ始めた。妹の方はそれっきり一言も口を利《き》かず、黙ってうつむいている。

翠簾は、もはや確信に近い思いを抱いて、二人の様子をじっと見つめた。

崋山も珍しく何事か考えているような顔で杯を揺らしている。

やはり、この街には何かがある。

だが、その何かがわからなかった。

第三章　妖魔の代償

「殺されてた……？」

　酒家を出てすっかり暗くなった街中を歩きながら、崋山に首尾を聞いた翠簾は、崋山の報告に開口一番そう言って、眉《まゆ》をひそめた。

「じゃあ、贋商隊が死んでたっていうのは、ホントなの？」

「だから、さっきからそう言ってんじゃねえか。なにが嘘吐《うそつ》き猿だ」

　崋山が先ほどの件を持ち出す。翠簾はそれを無視して「どこで？」と尋ねた。

「街を出て街道をだいぶ歩いた岩場の陰だ。仲良く揃《そろ》って死体になってやがった」

　崋山がどうでもよさそうに告げる。どうでもよくない翠簾が険しい顔で、懐から件《くだん》の金の腕輪を取り出す。

「でも、そのちょっと前に、あたし、森でこれを見つけたのよ？」

「何だ？　それ」

　崋山が片目を細める。

「隊長っぽい男が腕につけてた腕輪よ。これが街の奥の森に落ちてたの」

　翠簾から腕輪をわたされた崋山が、そういや、と片方の眉を上げる。

「……あいつらの靴の裏に草の汁みてえなもんがついてたな」

「ちょ、ちょっと待って――」

翠簾が両手で崋山を押《お》し留めるような格好になり、

「じゃあ、あの人たちはやっぱり森に向かった。そこで何者かに拉致《らち》され、街の外で殺されたってこと？」

口に出して一連の流れを順序立てる。崋山があっさりと肯く。

「まあ、そうなるな」

「そんなバカなことってある？　ほんの一瞬で、森から街の外にあの人数を運ぶなんて……しかも、アンタが見たところ全員がかなりの手練《てだれ》だったわけでしょ？」

一体、どうなってるのよ、と翠簾が崋山をにらむ。

「俺にあたるな。ともかく、当の盗賊が死んでちゃ、盗賊退治で善行を積むのはムリだ。あきらめろ」

崋山が金の腕輪を指先でくるくるとまわしながら、無責任なことを告げる。金色の輪が闇《やみ》の中でキラキラと光った。

だが、そう易々《やすやす》と割り切れない。翠簾が両腕を組んで、これまでのことを考える。

(この阿南の街には兵士が一人もいない。その理由は、李家の主人いわく『平和だから』

――でも、街の人たちはこぞって不可解な言動を取る……極めつけは、街の外で不自然な死に方をした盗賊かぁ……)

　考えに浸りながら、翠簾が改めて街の様子に目を配る。往来に並んだ店は皆閉められ、各々の家には灯り一つともっていない。話し声どころか物音すらしない通りは、昼前の喧騒《けんそう》がまるで幻であるかのように静かだった。翠簾の両目が細まる。

「――ねえ」

　と、その目が隣に立つ崋山を見上げる。

「例えば、アンタなら出来《でき》るわよね?」

「はあ?」

　崋山が腕輪をまわす手を止め、眉をひそめた顔で翠簾を見下ろす。

「言っとくが、俺は殺してねえぞ」

「わかってるわよ。そうじゃなくって、妖魔だったら、人間にはおおよそムリなことでも出来るはずよね?」

　街に害を成しそうなものを巧みに人気のない森まで誘導し、一瞬の内に街の外に移動させ、殺す――。

　翠簾の言いたいことを理解したらしい崋山が、なるほど、と肯く。

「そこら辺の雑魚じゃムリだが、そこそこ力のある奴なら可能だな」

「仮に――仮によ?　この阿南の街が、外敵から身を守る術をあえて持たないのは、妖魔によって守られてるからだとしたら……」

すべてに辻褄《つじつま》が合う。妖魔がいれば兵士を置く必要はない。悪さを働いた——あるいは、働こうとしている者がいれば、妖魔に始末される。一見、平和な街が出来上がる。

けれど、その平和を与えているのは妖魔なのだ。

(それなら、街の人たちが常に怯《おび》えた様子なのも納得がいくわ)

自分で自分の考えに肯きつつ、しかしまだしっくりこない。何かが欠けているような気がする。むーっとうなっていた翠簾が、ふと崋山の額にはまった緊箍児に視線を向け、そうよ、そうだわ、と告げる。

「ねえ、崋山。妖魔がまったくの善意から人助けなんてするかしら?」

「するわけねえだろ」

崋山が片目を細め、バカにしたように鼻を鳴らす。

「妖魔に限って、善意なんざありえねえよ」

「だとしたら、この街は何らかの形でその妖魔に代償を支払っているはずよね……」

翠簾が自分の中にある考えをまとめるようにつぶやき、んっと、眉をひそめる。

『さっき長老が、夕方になったら先生と一緒に家に来なさいって言ってました。どうしたのかな? 晩ご飯でもご馳走《ちそう》してくれるんですかね?』

薬師の弟子の無邪気な声が耳元で木霊する。自身を隣国出身の孤児だと言い、先生と一緒だから今が幸せだと笑った、あの明るく愛らしい少女の声が……。

仙女だけあり翠簾の勘はほとんど外れたことがない。

（まさか……）

一瞬険しい顔になりかけるも、あの仲睦《むつ》まじい師弟に限ってと、頬《ほお》を緩め頭《かぶり》を振る。

だが、酒家の女主人は言った——善人面して、最低の奴らだと。

翠簾の脳裏に、白秋の滲《にじ》んだ瞳《ひとみ》が浮かぶ。どうして、彼はあんな苦しげな目で弟子を見ていたのか。

そして、眼を赤くはらしていた酒家の少女。

『仕方ないよ。アンタは、あんなに仲良くしてたんだから』

翠簾に粥と饅頭をふるまってくれた時、女は『胡桃餅もあるよ』と言って笑わなかっただろうか。

翠簾の足が止まる。崋山が自身も歩みを止め「どうした？」と振り返る。険しい顔をした翠簾がわずかに上ずった声で、ねえ、崋山、と告げる。

「さっきの酒家の妹の方の名前、わかる？」

「は？　なんだよ。いきなり」

「いいから、わかるの？　わからないの？」

訝《いぶか》しげな顔で告げる崋山を見上げ、翠簾がきつい口調で問《と》い質《ただ》す。崋山がいかにも面倒臭げに頭を掻《か》き、思い出す素振りをした。

「確か、姉の方が紅麗で、妹の方が……春麗とか言ってたな。店の名前もそこからつけたんだと。まあ、どうでもいいけどな」

「……やっぱり」

翠簾がきゅっと唇を嚙《か》みしめる。

「『やっぱり』？」

崋山が眉間《みけん》にしわを寄せる。

「やっぱり、なんだ？」

翠簾が険を帯びた双眸《そうぼう》を崋山に向ける。

「――行くわよ」

そう告げ、街の奥へ向かって走り出す。

「オイ、待てよ。行くって、どこへだ？　オイ」

崋山が不可解そうに呼び止める。だが、翠簾は止まらない。

その顔は唇をきゅっと嚙みしめたまま、空《くう》をにらんでいる。

(どうして……)

あんなに仲睦まじかったのに。あんなに慈しんでいたのに。

これもお食べ、と胡桃餅を差し出した時の弟子を見つめる白秋のやさしい眼差《まなざ》し――あれは嘘ではなかったはずなのに。

なまじ、彼を師父と重ねていただけに、純粋な怒りが沸き上がってくる。

（もし、そうなら、絶対に赦せない――）

乾いた土を踏みしめて走りながら、翠簾の顔が苦しげに歪んだ。

※

いきなり何かに取りつかれたように走り出した翠簾を追って崋山が行きついた先は、街のまん真ん中に建てられた大きな屋敷だった。立派な門の両脇《りょうわき》に花を模《かたど》った美しい灯籠《とうろう》が飾られている。

その門の前で翠簾が立ち止まっている。その横顔は険しく、何やら怒っているようだった。

崋山はそんな彼女の脇《わき》に立ち、同じように屋敷を見やった。

「なんだ、このデカイ家は」

「喬氏って言うこの街の長老の家よ。たぶんね」

そう告げ、翠簾が隣の崋山を見上げる。姿を消して、と命じる。

「は？」

「気づかれずに、中に入りたいの。後でちゃんと説明するわ」

眉をひそめる崋山に早口にそう言うと、翠簾は「《疾《ちつ》》」と唱えた。途端にその姿が周囲の風景に溶けるように見えなくなる。そのまま、ズンズンと屋敷内に入って行く。

「……なんなんだよ、一体」

崋山が苛立《いらだ》たしげにため息を吐く。

だが、ほどなく姿を消し、翠簾を追って灯籠に彩られた門をくぐった。

屋敷は李家の宿屋より更に広く、大きな部屋がいくつもあった。翠簾は迷うことなく回廊を突き進む。喬師弟の気配は離房《はなれ》から感じられた。

わたり廊下の先に小さな家ほどの離房がある。長方形の小さな門のような入口から中に入ると、六角形の形をした室内には窓がなく、薄暗い部屋の中に淡い燈火《とうか》がゆらゆらと揺れていた。床一面に赤い布が敷かれ、小喬と小柄な老夫が向かい合って座っている。

(あの老人が、白秋の父親……)

翠簾が眉をひそめつつ、それを観察する。

白髪に長い髭《ひげ》をたくわえた老人で、いかにも好々爺《こうこうや》という顔つきをしている。すっきりとした目元が息子のそれとよく似ていた。

その向かいに緊張したように座る小喬の脇には、白秋が眉間にしわを寄せた顔でうつむいている。その顔に、翠簾が唇を噛みしめる。

翠簾の脇に立った崋山が、彼女の見ている方向へ顎《あご》をしゃくり、

「(知り合いか?)」

と尋ねてくる。翠簾が師弟から顔をそらさずに肯く。

「(若い方の男がこの街の薬師・喬白秋で、小さい女の子がその弟子の小喬よ。あの老人が、たぶんこの街の長《おさ》で白秋の父親ね)」

崋山が、ふと視線を逸《そ》らせ、翠簾の道服を軽く引いた。

「(じゃあ、あの女は何なんだ?)」

「(——あの女?)」

白秋や小喬ばかりに目がいっていた翠簾が、崋山の言葉に顔をそちらへ向ける。

三者から離れた部屋の隅の壁に、若い娘がもたれかかるように佇《たたず》んでいた。その顔に翠簾が、あっと告げる。

昼間、森に行く途中で視線が合った女だ。

「(あの人……)」

街で見かけた、と言うと、崋山が、俺《おれ》もだ、と言った。

「(アンタも?)」

翠簾が改めて女を見やる。女はその黒目がちの双眸を一度も瞬《まばた》きすることなく、じっと三人の様子を眺めている。

「(ねえ、崋山。あの人って妖魔《ようま》?)」

翠簾の問いかけに、鋭い目つきで女を一瞥した崋山が、即座にそれを否定する。

「(いや。妖魔じゃねえ——だが、まっとうな人間でもねえな。あの女からは、生き物の匂《にお》いがしねえ。まるで物だ)」

「(物……)」

眉をひそめた翠簾が己の下唇に指を当てる。崋山の表現は実に的を射ていた。翠簾も、彼女を見た時、魂を入れ忘れてしまった人間か、命を吹き込まれた人形のように思った。

翠簾が女を見すえていると、喬老人が低く小喬の名を呼んだ。老人の老いた目が、真《ま》っ直《す》ぐに少女を見やる。

「おまえもすでにわかっておろうが、この阿南は実に難しい立場にある。城下街からは離れすぎ、蔡陵国からは近すぎる。しかも我が月豫国は隣国と、長い間、争いを重ねて来て、ようやく今の平定状態にある」

薄皮一枚のような平定じゃ、と喬老人が告げる。

小喬は神妙な顔で聞いている。その手がぎゅっと師と同じ瑠璃《るり》色《いろ》の胡服《こふく》の筒袴《ズボン》を握っているのを、白秋が居た堪《たま》れない眼差しで見つめている。

「この阿南に大量の兵を置けば、蔡陵国に戦意の有無を疑われかねない。だが、兵を置かぬにはこの街は豊かすぎるのじゃ。瞬く間に、盗賊や馬賊、蛮族に食い物にされる」

「はい」

「我々は長年、義勇団を編成し侵略者に抗《あらが》ってきた。だが、所詮《しょせん》は寄せ集めにすぎん」

喬老人はそこで一度言葉を区切ると、小喬の隣で青ざめている我が子・白秋を見やった。

「お主の師である白秋の母——つまりわしの妻も馬賊に殺された。白秋《コレ》が十七の時にな」

「…………」

父親の言葉に白秋がぎゅっと膝《ひざ》の上で拳《こぶし》を握りしめる。

「先生の、お母さん……も？」

小喬が驚いたように白秋に視線を向ける。拳を握りしめている師を見て、小喬の大きな両目に悲しみと労わりの色が浮かぶ。白秋は父からも弟子からもその視線を避け、己の膝の辺りを凝視している。

喬老人が、「だがな、小喬」と少女の名を呼ぶ。まるで実の孫に呼び掛けるようにやさしい声音だった。これが演技であるならば、かなりの役者だ。翠簾が忌々しげに老人をねめつける。

そんな翠簾を見た崋山が、その頬を人差し指でぐりぐりと押してきた。

「（おまえ、すげえ顔してるぞ。すげえ不細工）」

「（うるさい。ちょっと黙っててっ！）」

翠簾が崋山の指をはねのける。

喬老人がいかにももったいぶった様子で口を開いた。

「そんな我々を救い、その庇護《ひご》の元に置いてくれる御方《おかた》が現れたのじゃ」

「(……来た！　来た、来たわ!!)」

翠簾が両目を鋭くする。崋山が「(はあ?　何がだよ)」と不機嫌そうに告げる。

「それは、神仙の御方ですか？」

小喬が真剣な面持ちで喬老人に尋ねる。年長けた長は曖昧に首を振ってみせた。

「それぐらい徳の高い御仁だ」

「よかったですね」

小喬がほっとしたように笑顔になる。隣の白秋を見上げて告げる。

「なら、もう大丈夫ですね。先生」

小喬の素朴な言葉と幼い笑顔に、白秋がうつむいた顔を痛ましげに歪《ゆが》める。

喬老人は、うんうん、と肯いて見せると「おまえはやさしい子じゃな」と告げる。小喬が照れくさげに頭を掻く。

「そんな心やさしいおまえに、是非とも、頼みたいことがあるのじゃ」

聞いてくれるか、と問う老人に、小喬が真剣な顔で肯く。

「(そんな狸爺《たぬきじじい》の言うことなんか、聞いちゃダメよ！)」

翠簾が聞こえぬとわかっていながら叫ぶ。隣で崋山が呆《あき》れたように告げる。

「(おまえはさっきから、一体、何がしてえんだ?)」

小喬がまんまと老人の口車に乗っていく様に、翠簾がじりじりと焦れる。

「その御方の元に行って、身のまわりのお世話をしてくれないか?」

「え……」

喬老人の言葉に、小喬の顔が驚きに凍りつく。

「ア、アタシが……ですか?」

「ああ。今までその御方の面倒を見て来た者が高齢で、お役目を続けられなくなってのう。この街の為《ため》に、とてもよくしてくれている御方ゆえ、粗相があってはならない。その点、おまえならば安心じゃ。おまえは実によく働いてくれると、白秋がいつも申しておる」

うろたえる小喬を前に、喬老人が息子の名前を出す。白秋が苦しげに両目をつぶる。

「おまえがあの御方のお世話役となれば、白秋もさぞや鼻が高かろう」

敬愛する師の名を引き出され、小喬がおろおろと告げる。

「先生の為に……なるなら……でも、そうしたら、先生とは………」

離れ離れに――、とつぶやき、助けを求めるように隣に座る白秋へと視線を這《は》わす。だが、師はぎゅっと目をつぶったまま弟子を見ようとしない。

卑怯者《ひきょうもの》、と翠簾が内心で彼を罵《ののし》る。握りしめた拳が小刻みに震えた。殴ってやりたいのを必死に我慢していると、喬老人がさも悲しげな声音を出す。

「おまえが我が息子を慕い、よく尽くしてくれていることは重々わかっておる。わしもおまえを本当の孫のように思っておる」

そう告げ、落《お》ち窪《くぼ》んだ眼窩《がんか》を潤ませる。小喬がぐっとうつむく。

「……だが、あの御方のお陰で今のこの平和があるのじゃ。わかるの？」

（なんてズルイ男……）

翠簾が思わず歯噛《はが》みする。もしその庇護を失えば、おまえの大切な者たちがどうなるか、と暗に仄《ほの》めかし、小喬から退路を断っているのだ。

「頼まれてくれんか。小喬」

静かな声音が、逆に少女の拒絶を阻む。やがて、

「………わかりました」

「!!」

小喬が小さく肯いた時、ようやく目を開けた白秋が、ばっと立ち上がろうとする。だが、父親の鋭い眼差しがそれを阻んだ。蛇に魅入られた蛙《かえる》のように白秋の動きが止まる。

喬老人は再び穏やかな表情になると、あたたかい眼差しをうつむく少女へ向けた。

「そうか、わかってくれるか」

「――アタシ、先生や長老様や、この街の皆に、本当によくしてもらってるから。アタシでお役に立てるなら……よろこんでお受けします」

顔を上げた小喬が無理やり作ったような笑顔で告げる。それはいっそ、泣き顔より憐《あわ》れだった。

目尻《めじり》に数多《あまた》のしわを寄せて、老人の節くれだった指が小喬の小さな頭を撫でる。

握りしめた拳をわななかせる翠簾の隣で、喬老人の猿芝居を黙って見物していた崋山が、なるほどな、と物憂げにつぶやく。

「(あの小娘が、ありえない善意の代償ってわけか。しかし、いやに手慣れてやがるな)」

おそらく、これが初めての生贄《いけにえ》じゃねえな、と告げる崋山に、翠簾が両目を喬老人に据えたまま、親指の爪《つめ》を噛みながら呪詛《じゅそ》のようにつぶやく。

「(ねえ……あの汚らわしい嘘《うそ》つき爺《じじい》を殺しても、殺戒に触れるのかしら……？　逆に善行が加算されると思わない？)」

「(アホか。仙女の位を剥奪《はくだつ》されんぞ)」

崋山が面倒臭そうに、だが一応は、翠簾の暴走を止める。

「(何よ！　アイツ、悪人なのよ!?　子供を騙《だま》して妖魔に差し出すような人間なのよ!?　死んで当然じゃない！　極刑よ!!)」

苛立《いらだ》った翠簾が、崋山に八つ当たりする。そして、その目を崋山から白秋へと向けた。あの男もあの男よ、とわめく。

白秋は未《いま》だに弟子の顔もまともに見られず、父親に意見すら出来ず、震えている。

「(なんで、何にも言わないわけ!? 止めなさいよ!! アンタの父親でしょっ!?)」

翠簾がその背中に怒鳴り散らす。

崋山が耳を掻きながら、聞こえるかよ、と欠伸《あくび》まじりに告げる。――だが、聞こえるはずのないそれが通じたのか、白秋が意を決したように、青ざめた顔を上げた。

「父う――――」

「小喬」

息子の台詞《せりふ》にわざと覆いかぶせるようにその名を呼び、喬老人が小喬に手を貸してその場に立たせる。そして、いかにも好々爺然とした顔で少女を促した。

「先に家に帰っておいで。出発は今夜――月が最も高く上る頃《ころ》に小屋の前に駕籠《かご》を寄越《よこ》す。今の内に身づくろいをしておきなさい。わしは白秋と少し話がある」

「――――……はい」

今夜と聞いた小喬が、一瞬、何かを言いかけ、しかしすぐにそれを止めた。暗い目で小さく肯《うなず》く。そのまま長老に急《せ》き立《た》てられるように部屋を出て行った。

離房《はなれ》がしんと静まりかえる。

翠簾は怒りにうち震えた顔で、再び、喬父子をにらみつけようとし、

(あら……?)

小首を傾《かし》げた。例の人形のような女がいなくなっている。

「(崋山、あの女の人が――)」

いなくなっている、と言いかけるが、それより先に、喬老人が別人のように冷たい声音で告げた。

「なんのつもりだ。白秋」

「！」

声音だけでなくその顔も、今までの好々爺然としたそれからぞっとするほど冷淡な代物に変わっている。びくっと白秋が身を強張《こわば》らせる。

本性を現したな、と崋山が嗤《わら》う。

「折角《せっかく》、あの娘が承諾したところに、水を差すような真似《まね》をしおって」

喬老人がいかにも忌々しげに告げる。

「……小喬は……私の弟子です……とても優秀な」

「弟子？　何を今更」

絞り出すように告げた白秋に、喬老人が侮蔑《ぶべつ》の眼差しを向ける。

「この十五年の間、おまえは何人の弟子を取った？　何人の親のない子を拾い、何人の人買いから年頃《としごろ》の娘を金で買った？　今更、あの娘にだけ情をかける気か？」

父親の言葉に、白秋がぐっと詰まる。だが、初めてその両目をキッと父に向けた。

「！……ですが……もう、これ以上は――」

「忘れたのか、白秋。おまえの母親の死に様を」

冷ややかな声音が、何とか父に反論しようとしていた白秋の顔から、その表情を奪《う》う。白秋の身体がよろっとよろめき、床に両手をつく。その顔からは完全に血の気が失せていた。

「アレは所詮、この街の人間ではない。一々情をかけるな」

喬老人の氷のような両目が白秋を見すえる。そして、息子が何も言い返さないのを確認すると、傲岸《ごうがん》に言い放った。

「わかったら、早く家へ戻れ」

そんな父に白秋の両目が憤りと悲しみに揺れる。だが、すぐにそれらを覆い尽くすほどの絶望が浮かび上がって、その鳶色《とびいろ》の両目を満たした。うつむいたまま、病人のようにのそりと立ち上がり、去って行く。

「(どうする? 一人になったところで、あの爺を絞め上げるのか?)」

翠簾の頭上で、崋山がからかうように告げる。

「(コイツは後でいいわ。息子の方を追うわよ)」

白秋の背中をにらみつけたまま、憤然と翠簾が言い放った。

※

喬氏の屋敷から出ると、辺りは一層暗くなっていた。空には雲が多く、星灯《あか》りもない。雲間に歪《いびつ》な形をした月がぽっかりと浮かんでいるだけだ。

「(勇んだところで、街の奴《やつ》らが生贄を良しとしてる以上、善行は加算されねえかもしれねえぜ?)」

喬白秋という男を追って暗い通りを歩く翠簾の横に並んで歩きながら、崋山が告げる。

「(それでも行くのか?)」

「(当たり前でしょ!)」

翠簾が怖い顔で崋山を見上げる。

「(年端もいかぬ子供が生贄にされるのよ!? 黙って見てて堪るもんですか!)」

その答えに崋山がくくっと嗤う。何、嗤ってんのよ、と翠簾がにらむ。

いかにもこの女らしいと思った。

普段は『善行を積んでさっさと仙境に帰る』と豪語しているくせに、こういう時には迷いがない。こういう性格だから、十年も下界に留《とど》まっているのだ。お節介など焼かずもっと合理的にやっていけば、千二百などすぐだっただろう。

「(進んで貧乏籤《びんぼうくじ》を引く女だな。おまえ)」

「(うるさい!!)」

翠簾が盛大なしかめっ面をする。だが、翠簾の足は止まらず、その目は少し先を行く白秋の背中をキッと見すえている。ニヤニヤ嗤ったまま、崋山が翠簾の髪に指をからめる。

「(また、すげえ不細工な面になってんぞ)」

「(うるさいわね!!　放っときなさい!)」

うるさそうに崋山の手を払い翠簾が嚙みつくように言う。本当はその横顔がひどく愛らしい。途端に、腹の底から妖魔の本能が沸き上がってくる。ひどくなまぬるいその食欲に崋山が、なあ、と告げる。

「(何よ?)」

「(今、すげえ、おまえを喰《く》いたい)」

「(はあ!?　この非常時に何言ってんのよ!　このバカ!　バカ妖魔!!)」

場違いに甘ったるいその声音に激怒した翠簾が、歩きながら崋山を罵る。

その内、周囲から民家が消え、木々や茂み、岩場が増えていった。白秋の姿が森に消える。それに、翠簾の足が速まった。

やがて、窪地《くぼち》を利用して建てられた小屋の前に着く。白秋は中に入るでもなく、肩を落とし佇んでいる。淡い灯りがともった小屋を見つめる白秋の顔色は青ざめ、すまない、とつぶやいた声音が夜風に乗って聞こえてきた。それに、崋山が舌打ちする。

今更、そんなことを言うくらいなら、あの場で行動を起こせばよかったのだ。何一つ出来なかったくせに、辛気臭《くさ》い顔をしてうじうじと苦しんでいる。

女々しい野郎だ、と冷ややかにそれを見つめた崋山が、

「(で？　どうすんだ？)」

隣でやはり白秋を見すえたまま動かない翠簾に尋ねる。

それには答えず術を解いた翠簾が、白秋の背中に告げる。

「――中へ入るのを躊躇《ためら》っているのは、弟子に合わせる顔がないからですか？」

「！」

突如、背後から声をかけられた白秋が、びくりと肩を震わせ、ばっと振り返った。そして、翠簾の姿を確認するとその肩から力を抜き、

「……翠簾さん――？　どうしてここに……」

片眉をひそめた顔で告げる。そして、後ろの崋山に気づき、もの問いたげな視線を翠簾に寄越した。

「連れの崋山と申します」

翠簾が丁寧な口調で答える。そして、崋山にはわからぬことを告げた。

「昼間の方々は、生贄を捧《ささ》げることに慙愧《ざんき》の念を抱き、心を病んでおられたのですね」

白秋が何故《なぜ》それを、という眼差しを向ける。翠簾はそれには答えず、先ほどまでの怒りを微塵《みじん》も感じさせぬ悲しげな声音でつぶやいた。

「話してくれませんか。この街のことを」

「…………」

白秋の唇がわななき、身体の両脇でぎゅっと握りしめた拳が震えている。

翠簾は淋《さび》しげな顔でそれを見つめている。まるで人の世の不条理に心を痛めている清らかな仙女そのものだった。とても、『極刑よ！』と息巻いていたのと同一人物だとは思えない。あざといまでの演技に、よくやるよ、と崋山は舌を巻く。

だが、それが幸を成したらしく、白秋がぽつりぽつりと語り始めた。

「――十六年前、この街は馬賊の襲撃を受け……多くの仲間が殺されました」

その中には白秋の母親がいた。父・喬氏の嘆きは凄《すさ》まじく、人が変わったように排他的になったと言う。そんな彼の元にとある妖魔がふらりと現れ、甘言を弄《ろう》した。

「この街を守る代わりに……自分が望む時に……生贄を差し出せと、惨《むご》いことを……」

白秋の声が途切れ途切れになる。惨かねえよ、と崋山がすげなく言う。

「妖魔に物を頼むってのは、そういうことなんだよ。てめえらで受け入れといて、今更、甘いこと言うんじゃねえ」

崋山の冷たい言葉に、白秋が苦しげに眉間にしわを寄せる。だが、弁明をするつもりはないらしく、静かに「……そうですね」と肯いた。その鳶色の瞳に深い自嘲《じちょう》の色が浮かぶ。

「私は父に命じられるまま……孤児や物乞《ものご》いの娘を、表向きは私の弟子として、ここへ連れてきました……――」

「ソイツらを乞《こ》われるままに差し出してきたわけか。確かに、人でなしだな」

紅春酒家の女が吐き捨てた言葉を思い出し、崋山が嘲笑《ちょうしょう》する。人間など所詮そんなものだ。己の為なら平気で他人を犠牲にする。綺麗《きれい》な言葉やもっともらしい理屈で相手を騙す。ならば、欲望をさらけ出し本能のままに生きる妖魔の方《じぶんたち》が、よほど正直だ。

崋山の冷ややかな眼差しを受け、白秋が痛そうな顔でうつむいた。

「前の娘を届けてから………四年……なんの音沙汰《おとさた》もなかった……私は、ようやく悪夢が去ったんだと思った……なのに……今になって………」

「去るわけねえだろ。アホかおまえ」

甘えたことを告げる白秋に崋山がバカにしたように告げ、乱暴に己の頭を掻く。この男のお気楽さ加減に心底呆れた。

「妖魔は一度、つかまえた獲物を絶対に放さねえ。ソイツはおまえらで遊んでやがるんだ。自分の手のひらの中で右往左往する様を見て、笑ってるんだよ」

「…………」

口惜しげな顔で白秋が両手を握りしめる。ぶるぶると震えるそれに、それまで黙っていた翠簾が口を開いた。その者の言う通りです、と──。

「ただ欲望のままに人を喰らう妖魔よりも、よほど性質が悪い。小喬は死んだ方がましと言うような目に遭わせられるでしょう」

翠簾はそこで一旦言葉を区切ると、真っ直ぐに薬師の男を見つめた。それでも、あの娘を差し出すのですか、と。ひたすらに悲しげだった顔に、静かな怒りが滲み出る。

白秋が唇を噛みしめ、翠簾の真っ直ぐな視線から逃れるように、足元の草の辺りを見やって告げた。

「……小喬を連れてここから逃げようと……何度も、何度も、そう思いました……ですが……生まれ育ったこの街を、皆を捨てては行けなかった……」

そこで言葉を止め、震える利き手を握りしめる。

「それに……あの妖魔は常にこの街を見張っている……逃げたところで、たちまち捕まって小喬ともども、殺されてしまうでしょう……」

血を吐くようなその告白に、翠簾が低く告げた。

「――――なら、死ねばいい」

「!?　お、オイ……」

「な………」

がらりと変わった翠簾の口調に、思わず崋山が眼《め》を剝《む》く。言われた白秋も愕然《がくぜん》とした表情で、翠簾に視線を戻した。

翠簾はその両目に静かな怒りを湛え、冷ややかに白秋をねめつけている。

「弟子と共に逃げて、共に殺されればいい。おまえがそれをしないのは、ただ恐ろしいからだ。己の命が惜しくて行動に移さぬことを、さも街や弟子の為のように言うな。反吐《へど》が出る」

「……わ……私は……そ、んな……」

「おまえは父親からも、弟子からも、己をとりまく現実からも、ただ逃げているだけだ。そんなおまえに小喬の師を名乗る資格など、ありはしない」

容赦なく告げられる言葉に、さすがに白秋の顔が強張る。そのまま、ぐっと表情を曇らせ、力なくその場に両膝《りょうひざ》をついた。翠簾がその額の辺りを見すえる。

「貧道《わたし》の師父はそんな真似はしない。例え共に死のうとも、貧道《わたし》をここから連れ出すだろう。それが真の師というものだ」

白秋は黙ったまま、絶望と屈辱にうち震えていた。

崋山はそんな白秋には眼もくれず、ひたすら翠簾の横顔を見つめた。

(また……あの野郎か)

忌々しい思いが沸き上がってくる。

(そんなに、あの派手オヤジのことが好きなのかよ)

イライラと翠簾を眺めている内に、再び抑えがたい欲求が腹の底から込み上げてくる。しかし、それは先ほどのようななまぬるい食欲ではなく、抑えがたい食欲だった。

崋山が翠簾に詰め寄ろうとした――その時、小屋の扉が乱暴に開いた。そこに泣きそうな顔をした少女が立っていた。

「先生をいじめるなっ……!!」

幼い声がそう叫び、白秋と翠簾の間にその小さな身体を割って入ってこさせた。大きな眼が、師を庇《かば》うように翠簾をにらみつける。

それに翠簾が一瞬、とまどうような素振りを見せたが、すぐに静かな表情を作って少女――小喬を見つめ返した。

「聞いていたのですか……」

「先生は悪くない。男たちに捕まって娼館に売られそうになってたアタシを助けてくれて、ここに住まわせてくれたんだ。先生はアタシをぶったりしない。叩《たた》いたりもしない。アタシにあったかいご飯をくれて、キレイな服だってくれて、薬の調合の仕方まで教えてくれたんだ。やさしい人なんだ」

全身に力を込め、少女が訴える。その眼差しは幼いが、愛《いと》しい男を庇う女のそれだった。

「アンタなんかに、先生の何がわかんだよ……勝手なこと言うな!」

小さな顔を怒りで真っ赤にして叫ぶ小喬に、翠簾の両目が細くなる。崋山の眼には、翠簾がその健気《けなげ》な言葉に心を打たれているように思えた。

――が、

「庇うのですか? その男は貴女《あなた》を妖魔に差し出そうとしているのですよ」

あえて厳しい言葉で翠簾が告げる。一時の激情の去った小喬がひるんだように身を強張ら

せる。しかし、すぐに、それがどうしたと翠簾をにらみつけた。

「それで、先生が助かるんなら、アタシはそれでいい」

「小喬……──」

白秋がうめく。小喬が師を振り返り、その腕に手を伸ばした。にっこりと笑う。

青ざめた、恐怖におののいた顔で、それでも少女は笑ってみせた。

「大丈夫だよ。先生。アタシ、ちゃんとその御方のところに行って、お世話役になる。それで、これからもこの街を守ってくださいって、ちゃんとお願いするよ」

「………小喬……」

「だから、もうそんな顔しないでよ。先生が悲しい顔してるとアタシも悲しくなるよ。先生、ずっと苦しんできたんでしょ？　毎晩、毎晩、魘《うな》されてたよ？　すまない、すまないって、何度も寝言で言ってた──アタシ、ずっと心配してたんだよ」

弟子の言葉に両目を見開いた白秋が、両手で己の顔を覆った。その喉《のど》から押し殺した嗚咽《おえつ》がもれる。そんな師を案ずるようにのぞきこみながら、小喬が笑う。

「もう、大丈夫……大丈夫だから。アタシ、先生に助けてもらえて幸せだった。生まれてきてよかったって、初めて思えた。だから、今度はアタシが先生を助けるよ」

必死に幼い言葉を紡ぐ小喬を、顔から両手を離した白秋がぎゅっと抱きしめる。

嗚咽混じりの声で、恥じ入るように何度もつぶやいた。小喬、すまない、と。

「……私が……私が間違っていた……」

それに、小喬の顔がくしゃくしゃになる。そのふっくらとした頬に大粒の涙がこぼれ落ちるのを、翠簾が黙って見つめている。その眼差しは相変わらず凪《な》いだ湖面のように静かだが、先ほどまでの怒りは消えていた。

（やれやれ。とんだ茶番だな）

と崋山が欠伸を嚙み殺《かころ》す。小さな乱入者のお陰で、先ほどの衝動はすでに消えていた。

「父にもう一度、諫言《かんげん》して来ます……こんなことはもう止めるべきだと」

弟子を深く胸に抱きしめた白秋が、顔を上げる。その両目が翠簾を真っ直ぐに捉《とら》えた。それを翠簾の両目が静かに受け止める。

「素直に聞き入れられるとは限りませんよ」

「何度も何度も言います」

もうその声は震えていない。迷いの消えた眼差しに、翠簾の口元がかすかにほころぶ。

「それでもダメならどうします」

「小喬を連れてこの街を出ます」

「!?　先生……そんな、ダメだよ――」

白秋の言葉に驚いたように顔を上げた小喬が、涙のたまった両目で何度も頭を振った。

「そんなことをしたら……先生まで」

「いいんだ」

白秋がきっぱりと告げる。だけど——、と口ごもる小喬に、やさしく微笑《ほほえ》む。

「いいんだよ。小喬。いいんだ」

それに小喬の両目から再び涙がこぼれ落ちる。ぎゅっと師の胸にしがみつき、やがて声を上げて泣き出した。

師弟を見守る翠簾の顔は、どこか満足そうに思えた。おそらく、こうなることまで予測していたのだろう。あれほど憤慨し怒り狂っていたのに、意外に小賢《こざか》しい手を使うところが、いかにもこの女らしい。

その隣まで歩いて行き、崋山が翠簾の後頭部を軽く叩く。

「てめえも相当の狸《たぬき》仙女だな」

そうささやくと、翠簾が心外な、という顔をする。そして、改めて喬師弟を見やった。

「——さあ、さあ」と先ほどとは異なるやさしげな声音で告げる。

「無粋なようですが、いつまでもそうしている暇はありませんよ。輿《こし》が来るまで、もう時間がありません」

「！」

はっと我に返ったように小喬から腕を離した白秋が、その場に立ち上がる。すぐにも行動を起こしそうな様子の彼を、翠簾が両手をかざして落ち着かせる。

「急く気持ちはわかりますが、まずは、その妖魔について我々に教えてくれませんか?」

「え………」

白秋は不可解な顔をしつつも、肯いた。——が、すぐに困ったように言い添える。

「実は、私は実際に会ったことがないんです。交渉相手となっているのは、主に父と——父が信頼を置いている数人の男たちですから」

「では、白秋殿はほとんど何も知らないのですか?」

眉《まゆ》をひそめた翠簾が念を押す。

白秋は視線を宙にさ迷わせた。そして、両目を細めながら懸命に記憶を探る。

「何百万年も生きている多大な力を持った妖魔だと聞いています。名前は——確か……そうだ、父たちが『百眼魔王《ひゃくがんまおう》』と呼んでいるのを聞いたことがあります」

「百、眼……——」

その名を聞いた瞬間、翠簾の表情が凍りつく。

「ずいぶんと仰々しい名前の野郎だな」

と呆れたように嗤う崋山の脇《わき》で、翠簾の身体がふらりとよろけた。咄嗟《とっさ》に崋山がそれを抱きとめる。

「オイ、どうした?」

「………まさか……」

翠簾は尋ねる崋山には目もくれず、自分で自分の身体を抱きしめるようにして、うめいた。

「死んだ――死んだ……はずじゃ」

「あ？」

崋山が胡乱《うろん》げに眉をひそめる。よくよく見ると翠簾の身体が震えている。

「どうしたんだおまえ、その百眼魔王とか言う野郎を知ってんのか？」

「…………崋山」

その問いには答えず翠簾がつぶやく。

「なんだ？」

「――頼みがある」

己の腕にぎゅっと指を喰い込ませるように自分を抱き、じっと虚空を見すえていた翠簾が、いやに低い声音で告げる。

「頼みだと？　今更、白々しいこと言うんじゃねえよ」

崋山が鼻先で嗤う。

「その百眼魔王とか言う妖魔を斃《たお》し、この街を救ってやれって言うんだろ？」

面倒臭げな口調とは裏腹に、崋山は満足していた。

どれほど敬愛しようと、ここにあのいけすかない派手オヤジはいない。結局のところ、翠簾《コイツ》が頼るのは自分しかいないという思いが、先ほどの不快感をぬぐい去ってくれる。

だが、翠簾は冷ややかな声音で、そうじゃない、と告げた。崋山が、は？――と聞き返す。

翠簾が視線だけを崋山へ向けて告げる。

「おまえは、この一件に関《かか》わるな」

「なんだって……？」

思いもよらない翠簾の言葉に崋山が片眉を吊《つ》り上《あ》げる。翠簾の右目が冷たい光りを湛《たた》えてこちらを見ている。死人のように白い顔からは、表情という表情が欠落していた。

いつもと違うその様子に崋山の胸の奥がざらつく。

翠簾が崋山へ向き直り、淡々と告げる。

「この一件は、貧道《わたし》が処理する。おまえは手を出さないでくれ」

『出さないでくれ』という言葉とは裏腹に、翠簾の声音も表情も明らかに崋山の同意を必要としていなかった。いつものように居丈高に命じているのでもない。

ただ、冷ややかに拒絶している。それがどうにもイラついた。

「……てめえがどうこうしたところで、善行は加算されねえんだぞ」

崋山が翠簾をねめつけながら低い声で告げる。が、翠簾は眉一つ動かさず、わかっている、と言った。その冷ややかさに崋山の胸がまたざらざらとざわつく。

「出世第一の女が、どういう風の吹きまわしだ？」

胸の中のざらつきが忌々しくて、崋山がことさら揶揄《やゆ》するように告げる。

「一刻も早く仙境に戻りたかったんじゃねえのか」

翠簾がわずかに視線を下げる。

「これは、貧道《わたし》の問題だ。おまえには関係ない」

「なんだと？　てめえ――」

苛立った崋山が翠簾の腕に手をかける。妖魔の力で強く引かれ、翠簾の身体がこちらを向く。翠簾がまぶたを上げる。真正面から向き合ったその目は、おどろくほど乾いていた。ただ冷ややかなだけで、何の感情もない。

（否《いや》――感情がないんじゃねえ）

心を閉ざし、あらゆる感情を殺してしまった目だ。己の中に入って来ようとするあらゆる者を排除し、己という〝個〟すら手放してしまった者の眼。永劫《えいごう》の時を生きる高位の仙人がよくこういう目つきをする。およそ生きているとは言い難い目だ。

崋山はこの目が大っ嫌いだった。

「どうしちまったんだ、おまえ……」

崋山が翠簾の腕にかけた指に力を込める。かなりの力だったが、翠簾は眉をひそめることすらしない。

（一体、どうしたってんだ？　さっきまでいつも通りのコイツだったじゃねえか）

それが、いきなり――。

その左右で微妙に色の違う歪な双眸を見すえている内に、崋山の胸にある考えが浮かぶ。

「その百眼魔王って野郎と何があった？」

崋山が翠簾のもう一方の腕もつかんで、至近距離からその両目をねめつける。

「――……言っただろう。おまえには、関係のないことだ」

一瞬だけ、その干からびた砂漠のような両目に、動揺らしきものが走った気がした。しかし、すぐに薄い氷の膜のようなものが張って、それを覆い隠してしまう。

「これは善行でも人助けでもない。貧道《わたし》が処理すべき問題だ。それを、赤の他人のおまえになんとかしてもらう必要はない」

「……赤の……他人だ、と……？」

翠簾の突き放した言葉に、崋山の眉間《みけん》に深いしわが刻まれる。今までの苛立《いらだ》ちや、昂《たかぶ》りが嘘のように消え去り、冷ややかなものが全身を包んでいく。

何故か、喉の奥から嗤いが込み上げてきた。

「ああ……確かに、俺《おれ》とてめえは赤の他人だ」

崋山は半ば嘲笑《あざわら》うようにそう告げ、瞬時にその顔から歪んだ笑みを消した。

「だがな、それ本気で言ってんのか？」

真っ直《ます》ぐに翠簾の両目を見つめる。

翠簾が静かにそれを見つめ返してくる。その目の奥に隠された感情をなんとか読み取ろうとしても、何一つ読み取れなかった。

「――ああ」

干からびた声は、罪悪感はおろか戸惑いも躊躇《ためら》いも感じさせなかった。

崋山が翠簾の腕から手を離す。

雲間にわずかにのぞいた月明かりが、翠簾の真っ白な顔を薄く照らす。冷たい風が吹きつけ、青臭い咽返《むせかえ》るような匂《にお》いがした。

「俺は……てめえにとって、そこいらにいるただの妖魔と変わらねえってことかよ」

「…………――」

押し殺した崋山の問いに、翠簾の瞳《ひとみ》が揺らぐ。その背後で、

「……な……っ……妖魔……!?」

白秋がぎょっとした顔で、咄嗟に弟子を自分の後ろに庇った。そして、戸惑いと恐怖の入り混じった視線をこちらへ向けてくる。

だが、崋山は翠簾だけを見つめた。翠簾も黙って崋山を見つめていたが、やがて、わずかに両目を下げて、ああ、と答えた――。

その瞬間、この十年の記憶が風に吹かれた砂塵《さじん》のように呆気《あっけ》なく散らばって、見えなくなった。

「……そうか」

つぶやいた声音が風に乗って消えていく。

「なら、勝手にしろ」

面がはりついたようなその無表情に崋山が踵《きびす》を返す。途中、肩越しにわずかに振り返り、

「今のおまえは、退屈だ」

と告げる。崋山の顔もまた、あらゆる感情が削《そ》げ落《お》ちていた。ひたすら冷ややかで一片のぬくもりすらない。

「喰う気も起きねえ」

「…………」

翠簾の両目が細まる。——だが、それ以外に主だった変化は見てとれなかった。

崋山は冷ややかな面持ちで、十年を共に過ごした女を見やった。

「じゃあな」

と、無感動に告げる。再び顔を背け歩き出す崋山に、翠簾が一瞬、手を伸ばす気配がした。

だが、崋山は一度も振り返らずその場を立ち去った。

——空に星はなく、冷たい月の光だけが、離れて行く二人を青白く照らしていた。

翠簾は思わず伸ばしてしまった手を握りしめたまま、動くことも出来《でき》ず、その場に立ち尽

くしていた。崋山の背中が森を覆う木々に呑《の》まれ、見えなくなっても、それでも尚《なお》じっと見つめ続けた。瞬《まばた》きも、呼吸すらも忘れて――。

「――……あのう……良いんですか？」

背後から聞こえた白秋の躊躇いがちな声が、そんな彼女を現実に戻した。

「あの方を……呼び止めなくて」

困惑しながらも、どこか案じるように薬師の男が告げる。翠簾は自身の未練を断ち切るように、「必要ない」と握りしめた己の手を口元に押し付けた。

それに、でも――、と異を唱えたのは小喬の幼い声だった。

「仙女様、すごく辛そうな顔をしてるよ？」

「………」

「苦しいのに、我慢してるんなら、呼び止めた方がいいよ。きっと、後悔するよ」

涙の痕《あと》の残る顔で小喬が訴える。翠簾は肩越しに少女を振り返り、握りしめた己の手を開く。そして、かすかに両目を細めて告げる。いいんだ、と。

「今の貧道《わたし》にそんな資格はないから」

その口元に自嘲じみた笑みが浮かぶ。そんな翠簾の元に小喬が駆け寄ってくる。ダメだよ、と告げた。その手が翠簾の道服をつかむ。

「このまま離ればなれになっちゃったら、きっとすごく淋しいよ」

幼い少女の真っ直ぐな言葉が胸に響く。翠簾は逃げるように少女から視線を逸《そ》らせ、小喬の手をそっと自身の道服から離した。

(これでよかったのよ……)

そう己に言い聞かせる。つかめるはずも、その資格もないのに、この指は何をつかもうとしたのか。どの道、もうあの妖魔の側にはいられないのに――。

自嘲的《じちょうてき》な笑みが、その頬《ほお》に浮かぶ。

(退屈……か)

崋山の言葉を思い出し、翠簾が胸を押さえた。胸が痛くて痛くて、仕方なかった。

どうして、あれほど単純な台詞がこんなにも苦しいのか……。

冷たく蔑《さげす》んだような崋山の表情が、頭から離れなかった。

(それでも、貧道《わたし》は――あたしには………)

翠簾が苦しげに顔を歪《ゆが》め、道服の上から左胸をぎゅっとつかむ。

耳の奥で、遠き日に師父と交わした会話が蘇《よみがえ》る。

『おまえの覚悟はわかった。だが、その殺意を持ったままで、おまえを我が弟子とすることは出来ない』

『――……では、この殺意を捨てます』

『捨てられるのか?』

『殺さずの誓いを立てます。決して破れぬ誓いをこの魂魄《こんぱく》に刻みます』

『ならば、おまえを弟子にしよう』

師父の、自分の声が、あの時と同じ熱と痛みを孕《はら》む。永久に光を失ったはずの瞳が、今も尚、じくじくと痛んだ。

※

森を抜けた崋山は、そのまま荒々しい足取りで阿南の街から離れた。

街道から逸れ、荒野を一人歩きながら、腹立たしさに気が狂いそうだった。

翠簾が自分のことを〝赤の他人〟だと言ったことも、あの感情の欠落した無表情も、崋山の知らぬ妖魔との過去をひた隠しにすることも――何よりそれにイラついている自分自身も、忌々しくて仕方ない。

苛立ちのまま、崋山が近くにあった岩場を片手で打ちつける。粉砕した岩の破片が辺りに飛び散り、地面に巨大な穴が開いた。

当然、気など晴れやしない。それどころかより虚《むな》しくなった。

（ったく……何やってんだ、俺は……）

舌打ちした崋山が、頭を掻《か》き毟《むし》ってその場に座り込む。

見上げた夜空はどんよりと曇っている。いっそ血の気の多い同族でも絡んできてくれれば、少しは憂さを晴らすことも出来るだろうが、生憎《あいにく》そういった気配もない。

そんな時、斜め後ろから、ためらいがちな女の声がした。

「あの、もしや……崋山――様？」

誰《だれ》だ、とにらみつけると、闇《やみ》の中、すらりとした人影がこちらを見やっている。

「やっぱり！　こんなところでお会いするなんて、奇遇ですわね」

いたるところに花の刺繍《ししゅう》が散りばめられた紫色の長 裙《ロングスカート》を風になびかせながら、女が小走りに駆け寄ってくる。その肩の上でやわらかそうな髪が揺れた。

「蔡陵国に入る折には、大変、お世話になりました」

ほどよく整った――それでいて愛嬌《あいきょう》のある顔で娘が微笑む。年《とし》の頃は、十八、九といったところか。右目の下に小さな泣き黒子がある。妖魔から助けた技芸一座の長《おさ》の孫娘だ。

「お一人なのですか？　翠簾様は？」

「――失《う》せろ」

腰を屈《かが》め不思議そうに尋ねてくる娘に、崋山は開口一番そう言い放った。だが、娘はひるむことなく、

「まあ、ケンカでもなさったんですか？」

と尋ねてくる。鼻にかかった甘ったるい声音だった。

娘の胸倉をつかんで引き寄せ、崋山が片目を細めて娘をにらみつける。

「さっさと失せろ。殺すぞ」

低く怒気を孕んだ声で脅す。だが、娘は臆《おく》する様子もない。まあ、怖いと、嗤《わら》うように告げ、「どうしてケンカしたんですの？」「教えてくださいな」としきりに尋ねてくる。

鬱陶《うっとう》しげに舌打ちした崋山が娘の胸倉を離し、立ち上がる。無言でその場を立ち去ろうとすると、背後で娘が誘うように告げた。

「翠簾様の過去、知りたくありません？」

「…………！」

崋山の足がぴたりと止まる。娘の甘い声音が、からみつくように告げる。

「私、崋山様も知らない翠簾様の過去、知ってるんですよ」

崋山が無言で振り向くと娘が両目を細めてくすくすと嗤っている。とても二十も生きていない人間の小娘が出来るような代物ではない。実に老獪《ろうかい》な笑みだった。そして、その笑みは、崋山が世界でもっとも苦手な女のそれとよく似ていた。仙境を統べる巨大な玉座の上に、ちょこんと、だが傲岸《ごうがん》にふんぞり返って座っている小さな貴人のそれと——。

「……おまえ、ホントにあの時の娘か」

崋山が胡乱げな視線を娘へ向ける。娘は答えずに嗤っている。

「ジジイどもはどうした」

崋山がその語気を強める。

「お爺様《じいさま》たちなら、まだ蔡陵国におりますわ。私だけ一足先に、月豫国の城下に向かっていますの。そちらに言い交わした御方《おかた》がいるので」

娘がまことしやかに言う。だが、その答えに崋山が皮肉げに告げる。

「じゃあ、なんで真っ直ぐ城下に向かわねえんだよ」

「それは、ここで崋山様を見かけたから……」

ご挨拶《あいさつ》しようと思って、と告げる娘を、崋山が鼻で嗤った。

「街道からだいぶ逸れた荒野を一人で——しかも、夜中に歩く若い娘がいるわけねえだろ」

嘲《あざけ》るような目つきで、ババァの変化か、と告げる。

娘はまるで居直り強盗のようにふふんと嗤うと、

「——あそこでお酒でも飲みながら話しませんこと?」

近くに生えた木の根元を指さした。いつの間にか、娘の白い指に酒瓶が下げられている。丸い瓶の中で、ちゃぷんと酒が揺れる音がした。

「聞きたいんでしょう? 自分の知らない翠簾様の過去を」

崋山が嘲笑を消し、片目を細める。

「なら、ついて来なさいな。美味《おい》しいお酒をご馳走《ちそう》してよ？」

娘は一気にぞんざいになった口調でそう告げると、小鹿《こじか》のような足取りで木の根元へ向かった。他人を小馬鹿《こばか》にした仕草の数々が、一々癇《かん》に障る。間違いなく、あのババァだ。

（あの女の過去だと？　ふざけやがって。今度は一体、何を企《たくら》んでいやがる）

胸の内で何度も罵倒《ばとう》する。あんな別れ方をして尚――翠簾《あの女》に己の行動を左右されるのかと思うと忌々しいのを通り越して、いっそ屈辱的ですらあった。

絶対に御免だ、とあからさまに顔を背ける。

だが、崋山の足は己の意志とは裏腹に、娘が座る木の根元へ向かっていた。娘のそばまで行き、大きく張った木の根に乱暴に腰を下ろす。

外面にこそ出さなかったが、その胸中は荒れ狂っていた。それが時折、こめかみの辺りに青筋となって表れる。ピクピクと蠢《うごめ》くそれを見やり、娘が意地の悪そうな笑みをもらす。

「やっぱり、気になるんですね。翠簾様のこと」

「……うるせえ。黙れ、ババァ」

崋山が低く吐き捨てる。

娘はニヤニヤ嗤っている。その肩の上で優雅な曲線を描いている毛先が夜風に揺れ、なんともいえぬ甘い芳香を漂わせた。それに覚えのある崋山が露骨に顔をしかめる。

翠簾の髪や道服から香っている匂いと同じだ。ふと視線が合うと、娘が赤い唇の端を思わせぶりに歪めた。そして、ツンとそしらぬ顔をする。

（この……クソババァ……わざわざアイツと同じ匂いをしやがって……なんのつもりだ）

崋山が娘のすました横顔をねめつける。娘は己をにらみつける崋山を尻目《しりめ》に、再びどこからともなく取り出した杯をその手に握らせた。そこになみなみと酒を注ぐ。

「極上の酒ですよ。——まあ、一献どうぞ」

娘が妖艶《ようえん》に微笑む。崋山が無言で杯を傾ける。

しかし、酒が舌から喉に伝った時点で、その両目を見張った。馥郁《ふくいく》として舌が蕩《とろ》けるように甘いのに、確かな深みがある。おどろくほど強い酒だが、水のように飲みやすい。美酒に慣れた崋山ですら、今までに、これほど美味《うま》い酒を飲んだことがなかった。

黙って杯を空けると、娘が形の良い唇を歪ませおかしそうに嗤った。

「気に入られたようですね。さあ、どんどん飲んでくださいな」

そう言って、再び崋山の杯を満たした。更に自分の杯も満たすと、くいっとそれを空ける。それがまた、粗雑そうに見えて実に洗練された動作だった。そして、崋山の視線に気づくと、なんとも﨟長《ろうた》けた顔でニヤリと嗤う。

（このババァ……すでに、小娘を演じる気もねえな）

崋山が呆《あき》れて杯を傾けていると、ねえ、崋山様、と娘が告げた。何が崋山様だ、と崋山が鼻を鳴らす。とっくにばれているのに白々しい。

「際立って容姿のよい者は、仙女や仙人にはなりにくいと言うのを御存じですか？」

「――……なんだ、そりゃ。遠回しな自慢か？」

崋山が揶揄するように告げる。

娘はそれを軽く受け流し、思わせぶりな目で崋山を見やった後、

「翠簾様が千年前、仙境を目指し崑崙山《こんろんざん》を上った時も、それで大層苦労したとか」

そう告げた。演じる気はないくせに、あくまで人間の娘として語るつもりらしい。

「他の弟子たちの修行の妨げになる、とすげなく断られたそうです」

「……ハン」

娘の言葉を受け、崋山が嘲笑した。

「そんなもんで妨げになるような情けない弟子をまず破門すべきだ」

娘は崋山の言葉におかしそうに唇を吊り上げ、先を続けた。

「それでも諦《あきら》めきれない翠簾様は、幾つも洞府をまわり、灌江洞に辿《たど》り着《つ》いたそうです」

そこは彼《か》の顕聖二郎真君の開いた洞府であった。

「二郎真君様は、他の仙人たちのようにその美貌《びぼう》を理由に断るのではなく、『私はまだ仙人としては未熟だ。よって、弟子を取る気はない』と申されたそうです」

「ちっ……あの派手バカオヤジが、気取りやがって」

崋山にしてみればおもしろくない話だった。忌々しげに舌打ちし、酒をがぶりと飲む。空

になった杯に、娘が再び酒を満たす。

そして、崋山の発言を無視して話の先を続けた。

「そこに一縷《いちる》の光明を見出《みい》だした翠簾様は、下女として無理やりそこに住み込んだそうです」

だが、どれほどよく尽くそうと一向に弟子には召し上げてもらえない。焦りと虚しさに苛《さいな》まれた彼女は、弟子入りを諦め下山した。

「――ですが、仙境ではほんの数か月に感じられた時間が、下界ではすでに二十年近くもの歳月が流れていたそうです」

「仙境と下界じゃ、時間の流れ方が違うからな」

崋山が杯の中の酒を揺らしながらつぶやく。

あの翠簾が、志半ばに諦め打ちひしがれて下山する姿など、想像もつかなかった。

崋山が天を仰ぐと、青々とした葉っぱの隙間《すきま》から夜空が見えた。そこにぽっかりと浮かんだ歪な月を杯に映し、くいっと飲み干す。

「それで――？　一度下山したのに、アイツはどうやって仙女になったんだ？　そもそも、どうして、また仙境に戻ってきたんだ？」

話の先を促すと、娘は小首を傾げてみせた。さあ、と言う。

「そこら辺の詳しい事情は、私にはわかりませんわ」

しれっと告げる娘に、思わず、崋山が両目を剝く。

「はあ？　なんだ、そりゃ……てめえが振ってきた話だろうが」

苛立ちが頂点に達した崋山が、杯を地面に投げ捨て、娘の胸倉をつかもうとする。だが、娘はするりとそれをかわし、愉《たの》しげに両目を細めて、悠然と微笑んだ。

「でも、可哀相《かわいそう》だから、前半の疑問には答えてあげましょうか。その後、色々あって灌江洞に戻った翠簾様は、再び二郎真君様の前に叩頭《こうとう》し、弟子入りを願い出たそうです。そして、再び断られると、彼女は兼ねてより仙女になるには向かぬと言われてきた美しいその顔を、刃物で切り裂き——己の覚悟を示した」

「な………」

愕然《がくぜん》とした崋山が呆然《ぼうぜん》と娘の顔を見つめる。娘の両目が真っ直ぐにそれを見返してきた。その瞳に先ほどまでの愉しげな色は露ほどもなく、冷たい石のようだった。

「二郎真君様の治癒で傷はキレイに消えたそうです。ですが、高名な仙人が手を尽くして尚、左目の視力だけは戻らなかった。それを哀れに思ったのでしょう。二郎真君様はその後、彼女を正式な弟子として受け入れ、生涯ただ一人の弟子として己の知り得る仙術をすべて伝えてくれた。そう伺っています」

娘はそう言うと、崋山が投げ捨てた杯を拾い上げた。飲み口がわずかに欠けたそれを、どこか愛おしそうな目で見ている。

崋山は両目を細め、そんな娘を見つめた。

(アイツがあの派手オヤジを実の父か兄のように慕っているのは、そういうわけか……)

左右でわずかに色合いの違う両目。まったく動くことのない灰色の瞳に至近距離から見すえられた時、崋山は歪《いびつ》なそれをこの上もなく美しいと感じた。

そんな経緯があったなど、知る由もなく……。

崋山の両目が——目の前にいる娘ではなく——ひどく遠くを見つめる。娘がゆっくりと口を開いた。考えてみてくださいな、と。

「伊達《だて》や酔興で女子《おなご》が己の顔を切り刻んだりしましょうか？——あの方は女人として生きる幸せをその時にお捨てになったのです。つまり、それだけの覚悟をする何かがあったということでしょう」

「…………」

「過去に嫉妬《しっと》するなどおやめなさい」

崋山が再び目の前の娘を映す。娘の両の瞳には老獪で泰然自若とした……そして、どこか憐《あわ》れむような色が浮かんでいた。それが無性に苛立《いらだ》たしい。

「——俺に指図するな」

崋山の鋭い鉤爪《かぎづめ》が娘の白い喉に伸び、皮膚の直前で止まった。

「前にもそう言ったはずだぜ」

低い声音で告げる。

だが、娘は怖れげもなく嫣然《えんぜん》と微笑むと、

「女には話せない過去の一つや二つあるものですわ。それを何から何まで知りたいだなんて無粋な真似《まね》を、永劫の時を生きる大妖がするものではありませんよ」

そう告げ、崋山の手を払った。

ふわりと立ち上がる。長裙《ロングスカート》の裾《すそ》が闇間に揺れ、甘い香りがした。花のように芳しく、甘酸っぱいような翠簾《あの女》の香りが――。

「――……すっかり長居してしまいましたわね。それでは、私はこれで」

軽く礼をとると、娘は闇の中に消えて行った。それこそ、その姿がふうっと景色に飲み込まれるように。

崋山はしばらく、娘が消えた闇を見すえていたが、やがて赤い髪をがしがしと掻いた。

「ババァが、好き勝手なことぬかしやがって」

つぶやき、天を仰ぐ。

今までの苛立ちは嘘《うそ》のように消えていた。

冷たい色をした月に、別れ際の翠簾《あの女》の顔が重なる。あんな話を聞いてしまったせいか、無表情だったはずの翠簾の顔が、懸命に泣くのをこらえていたように思えた。崋山が向けた背に伸ばされた手が、震えていたような気がした。

「……畜生」

己の想像に舌打ちしながら、腰を上げた崋山は、先ほど来た道を辿り始めた。

あのババァの手の内で上手《うま》く踊らされた感じは否めないが、急《せ》くような気持ちがいつしかそれも消し去っていった。

第四章　無限の牢獄《ろうごく》

少女を乗せた真っ赤な輿《こし》が揺れる。

阿南の街の奥に広がる森の更に奥深くにそびえる岩山の麓《ふもと》まで行くと、山裾《やますそ》に幻のように洞窟《どうくつ》が現れる。その入り口で、担ぎ手の男たちは輿を下ろし、振り向きもせずに去って行く。

淡い桃色の長 裙《ロングスカート》と同色の羅衫《透けた上着》をまとった少女——小喬が死人のように青ざめた顔で御簾《みす》を上げ、地面に降り立つ。艶《あで》やかな黒髪は頭の高い位置で左右に結われ、可憐《かれん》な桃の花の形を模した髪飾りで束ねられている。

だが、そのあどけなさの残る頬は恐怖に引きつり、唇は硬く結ばれていた。

「——そのまま、入っておいで」

洞窟から聞こえてきた声音に小喬がびくっとその身を強張らせる。躊躇いがちに周囲に視線を這《は》わせた後、小喬は恐る恐る洞窟内《どうくつない》に進んだ。緊張と恐怖のあまり、幾度もけつまずき転びそうになりながら、どうにか洞窟の奥まで辿り着く。

そこで、小喬が息を呑む。

ぐっとひらけた視界を、赤いかがり火が照らす。かがり火の中央に小さな宮があった。

「入り口から入っておいで。僕は一番奥の寝殿にいるから」

男の──妖魔《ようま》の声がする。威圧的な物言いではないが、どこか逆らいがたいその声音に、小喬がごくりと唾《つば》を飲み込む。

そして、小さな身体を更に小さく縮こませながら、中央の入り口から宮に入る。

長くまばゆいばかりの調度品で飾られた回廊の奥に、離房《はなれ》のような独立した形で寝殿があった。

その天蓋《てんがい》の付いた巨大な寝台に一人の男が腰かけている。首から上の部分は天蓋の影になって、小喬の位置からではよく見えない。だが、男が着ている真っ白な道服は錫衰──天子がまとう喪服のように見えた。

「こんばんは」

男が親しげに告げる。爽《さわ》やかな口調はどこか狂気を孕み、深く膿《う》んでいた。男の足元から漂う甘く腐ったような匂いが小喬の足を止める。

「僕がここ百間洞《ひやくけんどう》の主・百眼魔王だよ。よろしくね」

そう告げ、近くに来るよう促す。

小喬は寝殿に入ったところで立ち尽くし、ガタガタと震える身体を抱きしめる。

その姿に百眼魔王がおかしそうに嗤った。

「──やれやれ」

そう言って立ち上がる。

「そう怖がらないでよ。挨拶も出来ないじゃないか」

天蓋の下から現れたその姿に、小喬が目を見開く。

「…………っ……!?」

その表情は、ひたすら恐怖に怯《おび》え、身を強張《こわば》らせていた少女のものではない。猜疑心《さいぎしん》と戸惑い――そして、決して消えることのない怨嗟《えんさ》に満ちあふれたその顔を、百眼魔王が舐《ねぶ》るように見つめる。

「どうしたんだい？　どこかで見た顔だったかい？」

ゆっくりと近づいて来る妖魔の端正な顔に、小喬は瞬きもせず見入った。

わずか一間という距離まで近づいた百眼魔王が、眉を下げ、両目を弓のように細める。

「……どうし……て………」

上ずった声音が小喬の唇からもれる。

「『どうして』？」

百眼魔王がおもしろがるように小喬の台詞《せりふ》を繰り返す。そして、君こそ、と言った。

「いつまでそんな姿でいるつもりだい？」

「!!」

途端に、小喬の眼つきが鋭くなる。次の瞬間、その小柄な姿が背の高い仙女のものに変わった。

術を解いた翠簾が背中から抜いた三尖刀で妖魔に襲いかかる。

「…………くっ……！」

だが、すんでのところでそれを止めた。百眼魔王の色素の薄い前髪が数本、はらりと宙に舞う。

己の鼻先で止まった穂先を見つめ、百眼魔王が白い喉《のど》を揺らしてくくっと嗤う。

「随分と乱暴な挨拶だなあ。もう少しで、僕のキレイな顔に傷がつくところだったじゃないか」

「！　その顔は、燕夕《えんゆう》のものだ!!」

翠簾がもはや悲鳴のように叫ぶ。

「なるほどねえ」

百眼魔王は己の鼻先に突きつけられたまま動かぬ穂先を、白い指先で脇へと弾《はじ》いた。そして、憎しみに満ちた眼で己をねめつけている翠簾を見やると、再びにたにたと嗤う。

「僕の〝眼〟が初めて君を見た時、すぐにわかったよ。——何せ、そっくりだ」

三尖刀を持つ翠簾の腕がびくっと震える。百眼魔王が心地良さそうに、吊り上がり気味の双眸《そうぼう》を細める。

「やさしい僕としては、是非ともこの顔で出迎えてあげようと思ってね。どうだい？　驚いた？」

下衆が、と翠簾が吐き捨てる。

百眼魔王はわずかにも顔色を変えず——むしろ嬉《うれ》しげな顔で——それで、と尋ねた。

「君はこの子の何なんだい？」

「……………」

陶器のごとく白い己の頬に長い鉤爪を這わせながら、百眼魔王が問う。

翠簾はしばらくの間、苦痛にまみれた顔で百眼魔王から視線を逸らしていたが、やがて押し殺した声でつぶやいた。姉だ、と。

「燕《えん》は……燕夕は……貧道《わたし》のたった一人の、弟だ……」

「ふうん、あの王子、姉さんなんていたんだ」

血を吐くような翠簾の告白を、百眼魔王の歪んだ微笑《ほほえ》みが受け止める。

「まあ、ここまで似てて赤の他人ってことはないと思ってたけど。そうか……姉ねえ」

そう告げる顔は、それこそ、首を傾げ水面をのぞきこむ睡蓮《すいれん》の花のように、翠簾と瓜二《うりふた》つだった。ただ、翠簾の左目には光りがなく、百眼魔王の額には赤い紋様で縁取られた大きな眼があった。

その縦に長い眼球がぎょろりと動き、翠簾の全身を捉《とら》える。足元から徐々に、視線の先で舐るように頭部へと上がっていく。

「それにしても、千年以上も経《た》って仇討《あだう》ちなんて、ずいぶんと気の長い話だね」

「っ……師父が……師父から、おまえは死んだと聞かされていた」

眉間に深いしわを寄せた翠簾が、苦々しげに告げる。

「それはお気の毒に。弟子を猫可愛《ねこかわい》がりする仙境の御方らしいやり口だ」

百眼魔王がさも殊勝な表情を作る。

「でも、君は僕のことを思い出してしまった」

目尻《めじり》だけに笑みを作り、百眼魔王が悲劇的な口調でささやく。

「妖魔《ボク》への憎しみを」

「……黙れ」

きつく奥歯を噛《か》みしめ、翠簾が三尖刀を振り下ろす。百眼魔王は嗤いながらふわりと風に乗り、難なく翠簾の攻撃を避けた。

そして、袖口《そでぐち》から淡い水色の扇を取り出し、軽く仰ぐ。

すると、無数の氷の礫《つぶて》が雨のように翠簾を襲う。

「――っ《疾《ちっ》》！」

翠簾が構え直した三尖刀から光の壁が放たれ、氷の礫を阻む。――だが、

「後ろがガラ空きだよ」

難なく背後を取った百眼魔王が、閉じた扇の先で翠簾の右肩を叩《たた》く。

「!!　っぅ……！」

瞬時に飛び退るも、右腕が凍りついていた。右手全体の感覚がマヒし、引《ひ》き攣《つ》った指が三尖刀を取り落とす。

「簡単に激昂《げきこう》してちゃダメだよ。もっとも、そんな技量じゃ、もう千年経ったって僕は殺せないけどね」

着地の瞬間を襲うこともせず、百眼魔王が余裕のていで告げる。

「………では、これはどうだ」

痛みに顔を歪めたまま翠簾が左手を懐に忍ばせる。取り出したのは、技芸一座を助ける折に使った宝珠であった。

「何だい？　それは」

百眼魔王が訝しげに、片方の眼だけを細める。翠簾が露悪的に唇の端を吊り上げる。

「〝無限房《むげんぼう》〟――貧道《わたし》が二百年の時をかけて練成した宝珠だ」

宝珠を握りしめ、告げる翠簾に、両目を丸くした百眼魔王が、わざとらしく吹き出してみせる。

「宝珠って、まさか、結界？　そこら辺の雑魚ならともかく、この僕をただの結界でどうこう出来ると思ってるわけ？」

ひとしきり嗤った後で、再び――今度は両目を細め、バカにしたように告げる。

「無駄な二百年だったね」

「そう思うなら試してみろ。己が力に驕《おご》りし愚かな妖魔よ」

唇にだけ笑みを浮かべ、翠簾が宝珠を宙に放つ。

一瞬、その心に過ったのは、遠き日の家族や、懐かしい師父ではなかった。呆れるほど傲《ごう》慢《まん》で物憂げな、その顔が翠簾の心を震わせる。ぎゅっと目を瞑《つぶ》り、翠簾がその幻影を打ち消す。未練がましい、と己を叱咤《しった》する。

「《疾《ちつ》》」

迷いを断ち切るように唱えた瞬間、宝珠から放たれたまばゆいばかりの光が、辺りを包み込んだ。

——直後、百眼魔王の身体が真っ白な閃光《せんこう》に呑まれ、宝珠の中へと吸い込まれる。

やがて周囲から光が消え、宝珠がからんと硬い音を立てて転がった。

※

誰もいない部屋に。

「——よかった！　崋山さん、戻って来たんだね？」

「？　誰だ……てめえ」

阿南の街に戻る途中の荒れ地で、岩場の後ろから現れた小さな影が、転がるように駆け寄って来た。顔を隠すように頭からすっぽりと布を被っているが、崋山のそばまで来ると少しだけその布をずらしてみせた。

薄い月明かりの下に、小麦色の健康そうな肌と大きな眼がのぞく。

「先生と手分けして、ずっと探してたんだよ」

稚《いとけな》い声が告げる。薬師のところにいた少女・小喬だった。

その顔を見た瞬間、嫌な予感がした。確か、この娘は月が一番高く上る頃《ころ》に輿に乗って百眼魔王の元へ送られるのではなかったか。

空を見上げると、欠けた月はすでに空の一番高いところを過ぎ行き、わずかに西の空に傾いている。

「……まさか、翠簾《アイツ》がおまえに化けたのか？」

険しい目つきで崋山が尋ねる。

「答えろ」

崋山が妖魔だと知っているはずの小喬は、少しだけ怯えたように後退《あとずさ》ったが、気丈にも、そうだよ、と答えた。そして、その状況を思い出したのか、苦しげに言った。

「アタシも先生も止めたんだよ、何度も。だけど、これは自分の償いなんだって――」

そこで一旦言葉を止め、少女がすがるような目で崋山を見た。翠簾さんは死ぬつもりなのかもしれない、と。

「なんだと？」

崋山が眼を剝く。小喬の眼が何かを思い出すように左右に揺れる。

「蔡陵国にいたころ、負けが決まってる戦に行く兵士が、ああいう眼をしてたんだ。あの仙《ヒ》女《ト》の眼、そういう眼だった……」

「っ……あのバカ」

崋山が苛立《いらだ》たしげにうめく。

（てめえで処理するってのは、そういうことかよ！）

「それで？　アイツはどこに連れて行かれたんだ？」

崋山が小喬をにらみつける。半ば、恫喝《どうかつ》するような声音で、

「その百眼魔王とかぬかす野郎はどこにいるんだ」

「一々にらまないでよ。先生は、森の奥の山裾に洞窟があるって言ってました」

「山裾か――」

言い様、走り出そうとする崋山を「あ、ダメ、ダメだよ！」と小喬の小さな手が止める。

「普通に行っても辿り着けないの。目くらましの術がかかってるんだって」

「術の解き方は？　おまえ、わかるのか？」

更に苛立《いらだ》つ崋山に怖れげもなく小喬が薄い胸を張る。

「任せてください。先生にちゃんと聞いてます。えっと、まず――」

小喬が身ぶり手ぶりを交えながら、崋山にその方法を教える。

いつになく真摯《しんし》に耳を傾けていた崋山の肌が、その時、本能的に異変を感じ取った。

咄嗟《とっさ》に利き腕で小喬の肩を押しやり、今まで彼女の頭があった虚空を貫いた物体を、左手で受け止める。

開いてみると、それは、中央に指貫《ゆびぬき》の為《ため》の輪がついた棒状の暗器だった。両方の先が鋭く尖《とが》っている。

「そ……それは……？」

「点穴針《てんけつしん》だ。氷で出来ちゃいるがな」

小喬が青ざめた顔で崋山の手の中をのぞきこむ。

「な……なんで、こんなものが……？」

「コイツは、おまえを狙《ねら》ったんだ」

小喬が更に顔色を失くす。崋山が小喬から腕を離し、暗器の放たれた方向を見すえる。

「――そこにいんだろ？　出て来な」

低い声を投げる崋山に、闇夜《やみよ》に数人の人影が蠢く。岩場の陰からその姿を現した人物の顔に、崋山がうっすらと眼を細める。

「てめえか……いや、てめえらが〝眼〟だったってわけか」

崋山がねめつける先にいるのは、昼間、雑踏の中で見かけたあの女だった。しかも、一寸の狂いもなくまったく同じ顔が五つ、半月の薄い灯《あか》りの下に並んでいる。

崋山が喉の奥で小さく嗤う。

「どうりで、人間の匂《にお》いがしねえと思ったぜ。大方、百眼魔王の野郎に眼だけを植えつけられた人形ってとこか」

「…………」

「昼間の盗賊たちは、てめえらがその得物で殺したんだな」

崋山の言葉に女たちは答えない。だが、顔の下半分だけ、崩れたような出来損ないの笑みをもらす。途端、女の白い額に描かれた花鈿《かでん》の下からぎょろっと人外の眼が現れる。

小喬が、ひっ、と押し殺した悲鳴を上げ、崋山の腰の辺りにしがみついた。

女たちは足音もさせず――ただ、裙帯《おび》の先についた鈴の音だけを響かせ、二人をぐるりと取り囲む。

女の一人が艶やかな唇を開いた。まさに鈴を転がすような声音だった。

「ここは、百眼魔王様の餌場《えさば》じゃ」

他《ほか》の女たちも口々に告げる。

「他者の餌場を荒らすのであれば」

「汝《なんじ》にもそれ相応の覚悟があろう」

「大人しく死を賜るか」

「はたまた、そこな小娘を置いて逃げるか」

そして、まったく同じ声音で嗤う。さあ、選べと。

崋山の腰にしがみついた小喬の瘦《や》せた腕が、ぶるぶると震えている。崋山は浅く嗤った。

「――そうかよ」

じゃあ、と崋山の唇の端が吊り上がる。反対に、両目はどこまでも冷ややかに女たちを見すえている。

「てめえらが死ね」

小喬が崋山を見上げた――その瞬間、崋山の肢体から放たれた怒気が紅蓮《ぐれん》の炎《ほのお》と化し、女たちを燃やし尽くした。

悲鳴さえ上げる暇を与えず、女たちの身体が瞬く間に真っ黒く炭化する。

まさに、一瞬の出来事だった。

「……ぁ…………」

呆然とした小喬が、崋山の腰にしがみついたまま口を半開きにして、それを見つめている。

「オイ、小娘。さっきの続きだ。話せ」

崋山は自身の腰にからみつく小喬の腕を離し、まるで何事もなかったかのように、先ほどの続きを促す。

動揺した小喬からなんとか続きを聞き出すと、崋山はすぐにも森に向かおうとした。

背後から、小喬が慌てた声音で告げる。

「待ってよ！　アタシも連れてって！」

「邪魔だ」

崋山は振り返りもせずに言う。

小喬は先ほどまでの怯えも忘れたかのように、崋山の正面にまわるとその両腕をつかみ、まっすぐに見上げてきた。

「翠簾さんはアタシの代わりに行ったんだ。アタシも一緒に行く！」

真摯な表情で訴える少女を、崋山は冷ややかに見つめた。

どんなに懸命な訴えであろうと、それが崋山の心を動かすことはなかった。だが、こちらを真《ま》っ直《す》ぐに見すえる少女の——非力で、頑固で、愚かしく、真っ直ぐであるがゆえに美しい双眸は、これから向かう場所にいるだろう女のそれとどこか似ていた。

両目を細めた崋山が、少女の腕を払う。

「てめえや薬師の男が百眼魔王って野郎に喰《く》われようが、この街がどうなろうが、俺《おれ》は何の興味もねえ」

「！！」

突き放したような言葉に小喬の顔が強張り、払われた手を握りしめてうつむいた。

——だが、

「ただ、アイツがおまえらを守ろうとしたんなら、俺がそれを危険にさらすわけにはいかねえんだよ」

続く崋山の言葉にはっと顔を上げる。

「あの薬師の男と家に戻れ」

小喬はじっと崋山を見つめ、小さく肯《うなず》いた。

「…………わかった」

気をつけてね、と告げる真摯な声音に応じることなく身をひるがえした崋山が、深く地を蹴《け》る。

獣のように走るその後ろ姿が闇《やみ》の中に紛れ見えなくなっても、少女はその場でじっと彼の消えた虚空を見つめていた——。

※

「なぁんだ、君も来ちゃったんだ」

宝珠——無限房の中に姿を現した翠簾を見て、百眼魔王が呆れたような笑みをもらす。

無限房の中はどこまでも白く、果てない。壁もなく、天井もなく、己の立っている地面すら曖昧《あいまい》な空間だった。

どこか狂気を思わせる白い世界に、まったく同じ顔をした二人が向かい合う。

「術者まで閉じ込めるなんて、どこまで出来損ないなわけ？」

蔑《さげす》んだ言葉に、翠簾がうつむく。百眼魔王がさもおかしげに嗤《わら》う。

「これで、君はこの結界を解かざるを得なくなった。――まあ、この程度の結界、僕一人でも簡単に壊せるけどね」

翠簾の痩せた肩が小刻みに震えているのを見て、百眼魔王が両目を細める。「嫌だなぁ。泣いてるの？」と嘲《あざけ》るその顔に、翠簾が顎《あご》を上げる。

その顔は、冷ややかな笑みを湛《たた》えていた。百眼魔王の目元だけが訝しげに歪《ゆが》む。

「何？　何がおかしいわけ？」

「――おまえが愚かで助かったよ」

先ほどまでの激情など、微塵《みじん》も感じさせない声音で翠簾が告げる。

「貧道《わたし》は閉じ込められたんじゃない、自ら入ったんだ」

百眼魔王の頰から笑みが消える。

一方、翠簾の頰には、一片のぬくもりもない冷たい嘲笑《ちょうしょう》が浮かんでいた。

「この宝珠は貧道《わたし》の肉体の一部を錬成して作ったものだ。貧道《わたし》がこの中に入ることによって、この世界は完全になる。貧道《わたし》と一体化してね」

つまり、と告げる。

「鍵《かぎ》は貧道《わたし》なんだよ」

「…………」

百眼魔王の眉間《みけん》に深いしわが寄る。

「貧道《わたし》以外にこの結界を解くことは出来ない。おまえは、一生、籠《かご》の中だ」

百眼魔王の瞳《ひとみ》――翠簾と同じ形をしたそれに、彼女をバカにした色がありありと浮かぶ。

「御大層《ごたいそう》な口上を述べてくれたけど、僕が結界を壊せばそれで終わりだ。一体化してるって言うなら、この結界が壊れれば君も死ぬんだろう?」

とんだまぬけな結界だ、と嗤う妖魔に、翠簾が勝ち誇ったような眼を向ける。

「この結界と一体化しているのは貧道《わたし》だけじゃない、おまえもだ」

百眼魔王の頰に浮かんだ笑みが凍《い》てつく。

「結界を壊せば、確かに貧道《わたし》は死ぬ。だが、おまえも死ぬ。貧道《わたし》を殺しても同じことだ。そして、仙女の貧道《わたし》は年老いることがない。この宝珠は、貧道《わたし》が共に入ることで、永遠に逃れられぬ牢獄となるのだ」

居丈高に告げる翠簾に百眼魔王の顔からあらゆる表情が消え去る。その顔を冷ややかに見やり、翠簾が告げる。

「おまえは、己の力に驕り、貧道《わたし》を見くびっていた。おまえは、あの場でさっさと貧道《わたし》を殺しておくべきだったんだよ」

「――……つまり、弟のことで激昂してみせたのも演技ってわけか」

「おまえに報復する為なら、どんなことでもするさ」

翠簾が嗜虐《しぎゃく》的な笑みを浮かべる。

「とてもじゃないけど、正気の沙汰《さた》とは思えないね」

百眼魔王はそんな翠簾を見すえたまま、声音だけを憎々しげに歪めた。

「……貧道《わたし》は弟子入りの際、師父におまえを殺さないという誓いを立てた。それを破らず、おまえを野放しにせぬ方法を考えれば、これ以外に方法がなかった」

二郎真君はおそらく、翠簾の心にある憎しみに気づいていたのだろう。だから、件《くだん》の妖魔は死んだと嘘を吐いた。それを恨んではいない。むしろ、そこまで弟子を案じてくれた師父の気持ちを思えば申し訳なくすらある。

だが、なんの因果か翠簾は下界に堕《お》ち、仇《かたき》の妖魔が生きていることを知ってしまった。その瞬間、あふれ出した憎しみがこの牢獄を思い出させた。

翠簾の顔から感情という感情が失われる。

「ここは、貧道《わたし》とおまえの墓場だ」

「……なるほどね」

悲痛な響きすらわずかにも感じさせぬ平板な声音に、百眼魔王が両目を細め、

「見上げた覚悟だ。いや、狂ってる。——完全に僕が油断したよ」

だけど、とその瞳が剣呑《けんのん》な光を帯びる。

「少し甘い」

手のひらの上で閉じた扇を軽く叩く。すると、先ほど受けた右腕の凍傷が肩や胸へと広がっていく。

「僕が君を殺さないように拷問するとは、考えなかったわけ？」

翠簾が凍りついていく己の身体を見つめ、無駄だ、と短く告げる。

「何があろうと、貧道《わたし》はおまえに屈さない」

一見、冷ややかなその瞳には、しかし決然とした意志が灯《とも》っている。あふれ出《い》でる憎悪がそれを狂的に彩る。百眼魔王の両目が糸のように細められた。

「へえ……正気を手放すような目に遭っても、まだそんなことが言えるかな？」

その利き腕が扇を振り上げる。たちどころにそこへ妖気《ようき》が集まり、膨張していく。周囲の大気が凍りついていくのがわかる。翠簾が両目を浅く伏せた——その時、

「——っ……」

左耳の下の辺りの首筋が、焼き鏝《ごて》を押し当てられたように熱く疼《うず》き、翠簾が眉《まゆ》をひそめる。そこが十年前、崋山に嚙まれたところだと気づく暇もなく、首筋から伝った紅蓮の炎が宙に

歪な方形を描く。

「なんだ、その炎は――――？」

同じく眉をひそめた百眼魔王が振り上げた扇を止めた瞬間、炎の線で出来た方形がまばゆいばかりの紅蓮の閃光を放った。

そこから、まるで奇術のように現れたのは――、

「………崋山」

翠簾が信じられない思いで眼を見張る。

もう二度と会うことはないと思っていた妖魔の姿だった。その顔は、ひどく怒っていた。

「――バカか、おまえは。なんで、てめえまで結界の中に入ってんだよ。どうりで気配がどこにもねえはずだ」

まるで、何事も――あんな別れなどなかったかのようにそう告げ、

「大丈夫か？」

わずかに落とした声音で、ついでのように付け加える。だが、その琥珀色《こはくいろ》の両目はどこか案じるように翠簾の凍りついた半身を見つめている。

（なんでよ……退屈だって言ったじゃない……なのに……なんで、来るのよ）

呆然と見開かれていた翠簾の双眸がぎゅっと細められ、消し去っていたはずの感情が、あとからあとから込み上げてきた。

どうして、とつぶやいた声はかすれて、まともな音にはならなかった。

代わりに口を開いたのは、驚きから立ち戻った百眼魔王だった。

「なるほど。所有印から、無理やり入口を作ったのか。無茶《むちゃ》なことをするね。この結界は彼女の魂魄《こんぱく》に繋《つな》がっているそうだ。つまり、この結界が破れれば、君の大事な彼女も死んじゃうよ」

「てめえが、百眼魔王か――」

視線を声の方へ向けた崋山が、しかしその顔を見て訝《いぶか》しげに顔をしかめた。

「……どういうことだ……？」

事情をまるで知らない崋山が、まったく同じ顔の二人を見比べる。

「それは――……」

かすれた声音でうめいた翠簾が苦しげな顔になるのを見やり、百眼魔王の唇が意地悪く歪む。細い指を自身の頬に這わせ、とってつけたような悲しげな口調でささやく。

「これは、彼女の弟の顔なんだ」

「――なんで、てめえがソイツの顔をしてやがるんだ」

崋山が更にしわの寄った眉間で詰め寄る。

「今から、千年前、彼女の祖国に文官として潜り込んで遊んでいた時に、ちょっとね」

百眼魔王が悪びれずに告げる。翠簾は抑えがたい憎しみに皮膚が、ぞわりと粟立《あわだ》つのを感じた。

「キレイな顔をしてたから、いつか使おうと思って、薄皮を腹の中にとっといたんだ」

「……喰らったのか」

低い声音で問う崋山に、百眼魔王がにたりと嗤う。

「すごく美味《うま》かったよ」

翠簾はガタガタと震える己の身体をぎゅっと抱きしめた。

それを百眼魔王の額の瞳が捉え、口元に更に朧んだような笑みが浮かぶ。

「この子は気が弱いくせに、何故《なぜ》か僕の騙《かた》りやまやかしの類《たぐ》いが効かなくてね。父親である王にうるさく諫言《かんげん》してくれるもんだから、邪魔でさ。だから――王を毒でさんざ弱らせてから、耳元で、こうささやいてあげたんだ」

百眼魔王はそこでおもむろに言葉を止めると、あたかもその時の光景を再現するかのように、声を落としてささやいた。

「『王よ。貴方《あなた》の息子は、不敬にも病床の貴方を殺しそのすべてを奪おうとしています。即刻、御自らの手で処刑すべきです』」

百眼魔王が両腕を広げ、厳かな口調で告げる。

「『そして、貴方の息子の生き肝をお食べなさい。さすれば、その病はたちどころに癒《い》えるでしょう』」

「！――っ……!!」

翠簾が込み上げる嗚咽《おえつ》を押し殺す。それでも押し殺しきれなかった悲鳴が唇の端からもれた。百眼魔王はそんな彼女を弄《もてあそ》ぶように語った。

「王は自分の血を分けた息子に自刎《じふん》し、生き肝を差し出すように命じたんだ。憐《あわ》れなこの子は誰にもわかってもらえないまま、絶望の中で自ら命を絶った。君の父上は我が子の生き肝を食べたんだよ」

翠簾の身体がその場に崩れ落ちる。駆け寄った崋山がすんでのところでそれを抱きとめる。

極限まで見開かれた翠簾の両目が、最愛の弟の皮を被った妖魔を見つめる。妖魔は邪悪に微笑んだ。真っ赤な舌で、いやらしく舌舐《な》めずりをして見せた。

「僕は肝が取り出された後の彼の死体を食べた。鮮度は悪かったけど、骨の髄までたっぷりと絶望が沁《し》みわたっていて、ものすごく美味《おい》しかったよ」

翠簾の右の頬をなまあたたかい涙が伝う。

怒りが、悲しみが、憎しみが強過ぎて、もはや言葉すら出て来なかった。

崋山が己の腕の中で泣き声一つ立てずに涙を流す翠簾を見やり、それから百眼魔王へと視線を戻す。前髪をうるさげに掻《か》き上《あ》げ、告げる。

「男のくせにベラベラベラベラベラしゃべりやがって」

「……何だと」

「うぜえんだよ。てめえ」

蔑んだ視線に、百眼魔王の顔から薄ら笑いが消え去る。

「どうやら、仙女に骨抜きにされた同胞にはお気に召さなかったらしい」

冷たい目で崋山を見つめる。

崋山が腕の中の翠簾に、オイ、と声をかける。

「今すぐ、この結界を解け」

「……………駄目だ……そんな、こと……」

翠簾が頭を振る。涙に濡《ぬ》れた右の瞳が崋山を見やり、それから百眼魔王をねめつける。怒りに身体のみならず、その声すらも震える。

「コイツだけ、は…………」

「だから、俺に任せろって言ってんだよ」

「………でも……」

「うるせえ。早く解け、この貧乳女」

崋山がイライラと告げる。

「俺はなぁ……もう我慢の限界なんだよ」

低く告げられた声音から滲《にじ》み出《で》る怒りの強さに、翠簾がぎゅっと目を瞑る。

「《疾《ちっ》》――――!」

結界内に光が満ち、それぞれを深く飲み込んでいく。

気づくと、寝殿の壁と天井が視界に広がっていた。崋山が翠簾を床に座らせ、その身体から離れる。

「――やれやれ、お陰で助かったよ。あのままだったら、いつ出られるかわかったもんじゃなかったからね。これから、じっくりその女をいたぶってやるつもりだった」

耳朶《じだ》を舐るような声音で百眼魔王が告げ、手の中の扇を開く。それを崋山に向けて大きく振り翳《ふかざ》した。水色の扇に宿った白銀の妖気が無数の雹《ひょう》となって、崋山を襲う。

崋山が双頭槍を軽く払う。穂先から放たれた風が、その身に降り注ぐ雹を軽くいなした。

崋山の琥珀色の黒目が、いつの間にか、妖魔の本来の姿を取り戻したように縦に細長く伸びている。

「覚悟しろよ……てめえは灰一つ残さねえぜ」

「喰い物を横取りされそうになった怨《うら》みかい？」

バカにしたように嗤った百眼魔王が、再び扇を風に舞わせる。

今度は雹ではなく――巨大な氷塊が放たれる。刃のように尖れた切っ先は、真っ直ぐ崋山の胸部に迫る。

「崋山……!!」

固唾《かたず》を飲んで見守っていた翠簾が、堪《たま》らず悲鳴を上げる。

しかし、崋山は眉一つ動かさず、肢体を覆う紅蓮の妖気を巨大な羽をもつ鳳《おおとり》に変えた。炎の羽が氷塊を受け止める。

両者の妖気がぶつかり合った途端、耳が割れるような音がし、大気が震えた。

赤と青――――。

どちらも極限を超えた熱気と冷気に、翠簾の視界がゆらぐ。

氷は炎を穿《うが》とうと、炎は氷を飲み込もうと、どちらも一歩も引こうとしない。互いの妖気がじりじりと均衡する中、遂《つい》に寝殿の壁や天井が瓦解《がかい》しはじめた。真っ白な破片が硬い雪のように降り注ぐ。

「あーあ。折角《せっかく》の寝室が、台無しだ」

百眼魔王が苛立たしげに舌打ちする。そして、冷ややかな声音で告げた。

「どうして、そこまであの娘に固執する」

「てめえの知ったことか」

「なるほど。心底、妖魔の面汚しってことか」

では、これでどうだい――と百眼魔王が翠簾に向けて白い袖口を振る。それに、翠簾の右半身を覆っていた凍傷が、喉に伸びる。

「……う……っ……」

翠簾が苦痛に顔を歪め、両手で喉を覆った。百眼魔王が両目を細めて言う。

「あと数分もしない内に、息が吸えなくなるよ」

「てめえ……!!」

崋山が百眼魔王をねめつける。怒りに妖気がゆらいだ——その一瞬の隙《すき》に、氷の切っ先が炎を打ち破った。腹を裂かれた鳳が宙に霧散する。

直後、氷の塊が崋山の左胸を貫いた。

「!!」

さすがに崋山がその顔をしかめるのを、百眼魔王が満足げに見やる。

「『水は火を相剋《そうこく》する』——五行の真理を知らないわけじゃないだろ?」

「崋山——っ……!!」

苦しげに顔を上げた翠簾が、凍傷に張りついた喉でその名を叫ぶ。

次の瞬間、崋山の妖気が膨れ上がる。胸部に突き刺さった氷の塊を溶かし、そのまま、百眼魔王の肢体を飲み込んだ。

まるで炎で出来《でき》た牢獄《ろうごく》のようなそれに、百眼魔王が己の妖気をもって、全身を氷の膜で覆うとする。

だが、それよりもわずかに早くその懐に入り込んだ崋山が、双頭槍の穂先で百眼魔王の額を瞳ごと貫いた。

「火と水との力が互角以上なら、火は水を反剋《はんこく》する。知らないわけじゃねえよな?」

「……き……きさま………」

百眼魔王の顔が初めて、苦痛に歪む。直後、穂先から発された紅蓮の炎が、その全身を燃やし尽くした。

断末魔の叫びを上げることも叶《かな》わず、それこそ一片の灰も残さずに、燕夕の皮を被った百眼魔王の姿が焼失する。

崋山はそれを一顧だにせず、翠簾の元へ向かうと、

「このバカ女」

開口一番、そう詰った。

「自分をあんな野郎と一緒に宝珠に閉じ込めるなんざ、何考えてやがんだ」

低い声音に、翠簾が叱《しか》られた子供のようにびくっとその身を強張らせる。

次の瞬間――。

崋山の両腕が伸びてきて、強く抱きしめられる。

「――悪かった」

「………」

「もう、大丈夫だ」

耳元で吐息のようにつぶやかれた言葉は、相変わらず傲岸《ごうがん》で素っ気ないが、何故か胸が軋《きし》むほどにやさしかった。この男のこんな声音を初めて聞いた気がした。

張りついた喉が、崋山のぬくもりに溶かされていく。

翠簾は漆黒の道服に顔を埋め、震える手でそれをぎゅっと握りしめた。

※

月明かりも届かぬ鬱蒼《うっそう》とした森の中を、翠簾を背負った崋山が歩く。洞窟《どうくつ》を出て以来、互いに一言もしゃべっていない。

やがて、翠簾が崋山の背中にもたれながら、ぽつりと口を開いた。あたしね、と。

吹きつける夜風にも掻《か》き消えてしまいそうなほど小さな声音で告げる。

「——師父から、百眼魔王が同族間のくだらない諍《いさか》いで死んだって聞かされた時、それまで、復讐《ふくしゅう》だけを胸に生きてたから……どうしていいかわからなくなったの……——だから」

翠簾はそこで言葉を止めると、贖《あがな》うようにつぶやいた。

「偉くなって……下界で起こることに干渉出来るくらい凄《すご》い仙女になって……人に害をなす妖魔を皆……」

——殺してやるって、そう誓った。

かすれた声音が、夜風に乗って消えていく。

「だから、アンタに力を借りるわけにはいかなかった……あたしに、そんな資格ないから」

崋山の肩に熱い息がかかる。それは少し震えていた。

崋山が尋ねる。

「……今も、そう思ってるのか」

「………」

少し迷った後で、小さく首を振る気配がした。

「なら、俺に今更それを話すこともねえだろうが」

「ダメよ。それじゃ、公平じゃないじゃない」

翠簾が生真面目《きまじめ》な口調で告げる。

それがひどくいつも通りの彼女で——知らず、崋山の口元がほころぶ。

すると、左肩の下辺りに翠簾の額が触れた。

「あたしと弟……燕夕は腹違いだった。あたしの母親は父様の正妃で、燕夕の母親は下女だったから、燕夕はいつもあたしに遠慮してた。自分じゃなくて、姉さんがこの国を継ぐべきだって——まるで、家臣みたいにあたしに接するようになって。あたしは、それが歯がゆかった……」

だから、国を出たのだろう。

翠簾はそういう女だ。

崋山が黙って肯くと、背中の翠簾が小さく震えた。崋山の背中に顔をうずめて、震える声でつぶやいた。

「一緒に……いてあげたかったたな」

魂をふりしぼるような声音に、崋山がわざと素っ気ない口調で告げる。

「一緒にいたところで、まだ仙女でもねえただのガキに何が出来たんだよ」

姉弟そろって喰われちまって終わりだ、という崋山の辛辣《しんらつ》な言葉に翠簾が、それでも、とつぶやく。

「……一緒に抗《あらが》って……一緒に死ぬことぐらいは出来たでしょう……？」

崋山は一瞬、返す言葉を見失い、眉間に深いしわを寄せた。それから、眉間のしわを解き、軽く嗤った。

「——そしたら、俺はどうなんだよ？　霊元山の塒《ねぐら》で、ずっと退屈してろって言うのか？」

からかうような言葉に、翠簾は黙った。

そして、崋山の首筋にまわしていた腕にぎゅっと力を込める。熱い雫《しずく》が崋山の背中を濡らす。

泣くな、と崋山が告げる。

「また、あのクソ野郎をぶっ殺してやりたくなる」

「…………——」

苛立《いらだ》つ心のまま独り言のようにつぶやいた言葉に、何故か、翠簾が更に涙を流す気配がした。生温かく湿った雫が幾重にも幾重にも崋山の背中を濡らしていく。

（……声も立てずに、おまえは泣くんだな）

崋山が無言で眉をひそめる。

自分のすべてを押し殺すように泣く翠簾の——その子供のように軽い身体が、堪らなく愛《いと》おしかった。

わざとゆっくりゆっくり歩む己に気づきながら、万の時を生きる妖魔はあえてそれに気づかぬふりをして、泣くな、ともう一度つぶやいた。

第五章　幸せな結末

「翠簾さん、起きてる？　薬湯、持ってきましたよ」

「——すみません」

小喬の明るい声に、翠簾が小さな寝台から身を起こす。女性にしては背の高い翠簾は、昨夜、この上で膝《ひざ》を折るようにして眠った。

「やっぱり、アタシの寝台じゃ小さいですね。苦しくないですか？」

「とんでもない。こちらこそ小喬の寝床を取ってしまって、すみませんでした」

すまなそうに告げる小喬に、翠簾が慌てて首を振り、申し訳なさそうに告げる。

——昨晩、森を抜けたところで、翠簾と崋山を待ち詫《わ》び不安げに立ち尽くす喬師弟と出会った。無事な二人の姿に、白秋はその場で深く頭を下げ、頭に布をすっぽりと被った小喬は泣きそうな顔で駆け寄って来た。

その後、小喬の部屋に寝床を用意してもらい、丸一日近く横になって過ごした。お陰で、翠簾の右半身は再び感覚を取り戻しつつある。

だが、寝台を奪われた小喬は床の上で寝なければならなかった。申し訳なく思う。

「床の上は寒かったのではないですか？」

案ずる翠簾に、小喬が薬湯を差し出しながら笑う。

「全然。アタシ、どこでも眠れるんです。布をいっぱい敷いたから、寒くないし。だから、気にしないでゆっくり休んでください」

「……ありがとう」

温かい言葉に翠簾が礼を言って薬湯を受け取る。薬湯からは甘い蜂蜜《はちみつ》の香りと生姜《しょうが》の匂いがした。

小喬が、そうそう、と悪戯っぽい顔つきになる。

「アタシより、崋山さんと同じ部屋で寝た先生の方が、ずっとドキドキしてたみたいですよ。いつ喰われるかって、気が気じゃなかったみたい」

そう言って、ケラケラと笑う。どうやら冗談のようだ。

普段なら翠簾も一緒になって笑うところだ。――だが、この時は何故か、『崋山』という名前を聞いた途端、ひどくそわそわと落ち着かない気分になった。平静を装ってはいるが、耳朶に血が集まっていく。そんな自分に戸惑う。

「あ、もしかして寒いですか？」

それを具合が悪いせいだと勘違いした小喬が、眉を寄せ心配そうに尋ねてくる。

「い、いえ。――それより、白秋殿は？」

話題を変えるように翠簾が尋ねると、小喬が肩に厚手の衫《上着》をかけてくれながら「先生なら」と答えた。

「昼間から、喬長老のところに行ってます。色々話さなきゃいけないことがあるって……」

小喬の声音が少しだけ強張る。崋山が百眼魔王を斃《たお》したことで、阿南に絶対的な庇護《ひご》がなくなった旨を、話しに行ったのだろう。

「そうですか――。これからが大変ですね」

翠簾の言葉に小喬が小さく頭を振り、左の頬《ほお》にそっとえくぼを見せる。

「元々、今のままじゃダメだって感じてた人とか、生贄《いけにえ》を捧《ささ》げることを申し訳なく感じてた人もいるんだって、先生が言ってました。街がなくなったわけじゃないんだし、皆で頑張ればいいんですよ。あ、自警団が出来たら、アタシ入るつもりなんです」

「小喬が？」

「はい。こう見えて、結構、腕に自信があるんですよ？　――うっ……ゲホ、ゲホ……」

小喬が薄い胸を勇ましく叩き、咽返《むせかえ》る。翠簾が笑って薬湯を一口、口に含む。

とろみかかった薬湯は甘苦く、身体の芯《しん》からじんわりと温まる。凍えた血流がほぐれていくのがひどく心地良い。翠簾がふうっとため息を吐くと、何の前触れもなく部屋の木戸が開いた。そこから、褐色の肌と赤い髪がのぞく。

「――オイ、小娘。アイツは……ああ、ようやく起きたのか」

小さな木戸をくぐるように姿を現した崋山が、寝台の上の翠簾に視線を向けてきた。それに、思わずドキッとなった翠簾が、慌てて視線を逸《そ》らせる。どういうわけか、崋山の顔がまともに見れない。

「なんだ？　まだ具合が悪いのか？」

眉をひそめた崋山が近づいてくる。何故か、それだけで呼吸がおかしくなった。

（あたし……どうしちゃったの……？）

布団をぎゅっとつかんだまま、赤い顔でうつむいている翠簾の代わりに、小喬が答える。

「もう、だいぶ良いみたいです。今、薬湯を飲まれたところですよ」

「……そうか」

崋山がかすかにその顔を穏やかにして、肯く。そして翠簾の伏せっている寝台の脇《わき》に立つと、翠簾の鼻先に、忘れもんだ、と宝珠を翳す。翠簾がはっと視線を上げる。

「あの野郎のところに置き忘れてただろ？　拾っといたぜ」

「………ありがと」

翠簾がおずおずと手を伸ばす。受け取る際に崋山の指が自身のそれに触れた。ピキッと固まった翠簾が真っ赤な顔で「ひゃ！」と奇声をもらす。

崋山が訝しむような目で、翠簾の顔をのぞき込んでくる。

「どうしたんだ？　おまえ。変だぞ。熱でもあるんじゃねえのか？」

「べ、別に何も――――きゃあっ……!!」

焦って顔を背けようとした翠簾の頭をつかみ、崋山が己の額を翠簾のそれに押し当ててきた為、真っ赤になった翠簾が悲鳴を上げる。

「熱はねえな」

至近距離にある崋山の顔に、翠簾の心臓が爆発寸前になる。

（あたし、ホント……どうしちゃったの……!?）

普段であれば、『顔、近い』と言って押しやって終わりなのに、どうしていいかわからない。混乱し切った挙句、緊箍呪を唱えてしまう。

「っ！　何すんだ、てめえ!!」

痛みに顔をしかめた崋山が、寝台の脇の床に両膝《りょうひざ》をついた格好で、翠簾をにらみつけてくる。

翠簾は慌てて経を止めたが、相変わらずその顔をまともに見れない。

呆気《あっけ》に取られて二人のやりとりを眺めていた小喬が、「――まあ、まあ」と崋山を宥《なだ》めた。

「翠簾さんは疲れてるんですよ。もう少し、休ませてあげてください。あ、そうだ。お酒でも飲んできたらどうですか？　そうそう、紅春酒家の紅麗姉さんが、お二人ならずっとただでイイって言ってましたよ」

そう言って崋山を上手《うま》いこと言いくるめ、その長身を半ば押し出すように部屋の外へ出してしまう。

そして、ふうっと息を吐くと、翠簾を振り返って小首を傾《かし》げてみせた。

「ホントにどうしちゃったんですか？　翠簾さん」

「…………すみません」

布団に顔の下半分をうずめた格好で翠簾が情けない声を出す。そして、自身の左胸に手を当てて、

「変なんです」

と今にも消え入りそうな声で告げる。

「変って？」

一転して心配そうな顔になった小喬が、寝台の側にやって来る。腰を曲げて、翠簾の顔をのぞきこむ。

「どこが、どう変なんですか？　まだ、身体がおかしいんですか？」

「いえ……ここに戻って来て以降、まともに連れの顔が見れなくなってしまって」

「え？　連れって、崋山さんの？」

「——はい」

小喬が、思わずきょとんとした顔になる。翠簾はいっそ情けない思いで肯いた。

千年以上も生きている自分が、たった十数年しか生きていない少女にこんなことを話していることが、そもそも恥ずかしい。でも、自分一人ではどうしようもないのだから、致し方

ない。

「真っ直ぐ顔を見ようとすると、胸が痛くて、どうにも落ち着かない気分になってしまうんです……呼吸すら上手く出来なくて……わたくしは、病気なのでしょうか？」

そこで翠簾が美しい顔を曇らせ、すがるように幼い小喬を見やる。小喬は両目をきょとんと丸くしたまま、

「それ、本気で言ってるの？」

と尋ねてきた。まともに問い返され、翠簾がますますうろたえる。何か変なことを言ってしまったのだろうか、とオロオロする。

「え？　本気……ですが……」

戸惑ったように答える翠簾の両目を小喬がまじまじと見つめてくる。翠簾がたじろいだようにその視線を受ける。途端、小喬がぷっと吹き出した。そのまま、小さなお腹《なか》を抱えて小猿のように笑い出す。

「え……な……ええ……？」

「あはは……だって、だって……あはは、それ……子供じゃないんだからさ……ぷくくくっ……真剣な顔して何を言うかと思えば……あはははは」

真面目《まじめ》な相談に爆笑され、翠簾が寝台の上で途方にくれる。

すると、小喬が「ははは……いや……ゴメンなさい」と笑いながら謝った。そして、よう

やく笑いを止めると、

「病気なんかじゃないよ」

翠簾の両目を真っ直ぐに見て言った。「それはね――」と言いかけ、何か思い至ったように口を閉ざす。そして、妙に大人っぽい顔をして言った。

「アタシなんかに聞くより、翠簾さんが自分で気づいた方がいいよ」

「……？」

翠簾が訝しげに眉をひそめると、小喬が「そうだ」と小さな両手を打った。ニヤッと歪んだ顔を翠簾に向ける。そして、急に真面目な顔になって言った。

「――翠簾さんに、お願いがあるんだけど」

そのもったいぶった言い方に、無性に嫌な予感がした翠簾が口を開きかけると、小喬が先んじて告げた。

「先生が今夜も眠れないと、さすがに可哀相《かわいそう》だから、アタシと崋山さんの寝る場所を替えてもらってもいいですか？」

「!!」

ぎょっとした翠簾が真っ赤な顔で小喬を見やる。反論しようとしたが、言葉がまともに出て来ない。口をパクパクさせる翠簾の前で、小喬は小憎らしいほどにすました顔をしている。

「一晩、崋山さんと二人っきりで過ごせば、すぐにわかるよ」

そう賢《さか》しげに告げると、小さな策士は可愛《かわい》らしいえくぼを見せて、にっこりと笑った。

※

「――眠れねえのか？」

暗い部屋の中で、床の上にゴロ寝した崋山が脇の寝台に向けて、ぼそりと告げる。先ほどから、寝台の上で翠簾が幾度となく寝返りを繰り返している。

頭まですっぽりと布団を被った翠簾は、傍目《はため》にもわかるほどびくっと身体を強張らせたが、何も言ってこない。ますます布団の中にもぐりこみ、身を硬くしている。

(何、怯えてやがんだ……？　コイツ)

そのいつにない反応に、崋山はため息を吐いた。

(これじゃ、あの薬師と変わらねえじゃねえか……)

一刻半ほど前、酒家から戻って来た崋山に、小喬がおもむろに自分と寝る部屋を替えてくれるよう頼んできた。

『アタシの部屋だと狭いから、大きな崋山さんには大変かもしれないんですが、膝を折れば横になれるから』

そう言って、ちっともすまなそうにではなく『ゴメンなさい』と頭を下げた。

『先生が、崋山さんと一緒だと怖くて、よく眠れないみたいでさ』

確かに、あの薬師は一晩中びくびくしていた。終《しま》いには、崋山が欠伸《あくび》をしただけで怯えて飛び上がり、挙句、寝台から転がり落ちた。しかも、沈黙が怖《おそ》ろしいのか、しきりにうわっ調子にしゃべりかけてくるのが、心底鬱陶《うっとう》しかった。

今の翠簾は、その時の白秋と同じくらいびくびくと落ち着かない。それが、崋山を苛立《いらだ》たせていた。

（いつからだ？　コイツがこんな感じになったのは……）

低い天井に視線を這《は》わせながら、頭の中で自問する。

森を出るくらいまでは普通だったはずだ。崋山の背中にぎゅっとしがみついて涙を流した――その直後くらいから、様子がおかしくなった。

まず崋山の顔を真《ま》っ直《す》ぐに見ようとしなくなった。見ても、すぐに目を逸らしてしまう。まともに言葉も発さない。妙に、おどおどとしている。

崋山はもう一度、深いため息を吐くと、寝台の上の翠簾に向かって告げた。

「オイ」

翠簾の背中がびくんと震える。それに眉をしかめた崋山が、しかし声を荒らげることなく告げる。

「弱ってるおまえに何かするほど、俺は落ちぶれちゃいねえよ」

「…………」

「ゆっくり休め。でないと、いつまでも治んねえだろ？」

しばらくの沈黙の後、翠簾がやっと口を開いた。

「────ない」

「あ？」

「……そんなこと心配してないわよ」

今にも掻き消えそうなほど小さい声が告げる。崋山が床の上に上半身を起こす。

「じゃあ、なんで俺を避けてやがんだよ」

問いかけると、翠簾は「べ……別に、さ、避けてなんか……」と布団の下からうめくように言った。やっぱり様子がおかしい。この晩、三度目になるため息を吐き、崋山が首の裏の辺りを掻きながら、その場に立ち上がった。

「嘘《うそ》つけ。避けてんじゃねえか」

そう告げ、寝台の上に片膝《かたひざ》をかけ、布団の上から翠簾の肩に触れる。

「こっち向けよ」

「な、何すんの!?　放して……放してよ──」

布団を被ったまま暴れる翠簾を強引に自分の方を向かせる。そして、乱暴に布団を剝《は》ぎ取《と》ると、真っ赤な顔をした翠簾がわずかに両目を潤ませるように、崋山をにらんでいた。嚙《か》みしめられた唇が、かすかに震えている。

「おまえ……」

その顔に崋山の腕が止まる。

「放してよ……今、あたし、変なんだからっ」

翠簾が怒ったような、苛立ったような、戸惑っているような、それでいて今にも泣きだしそうな、なんとも表現し難い声音で告げる。

「あんたといると落ち着かないの……あんたの顔を見ていると、なんか心臓が痛くて……頭の中が真っ白になって、上手く息が出来ないのよ……」

「…………――」

「もうわけわかんなくて……昼間、小喬に相談したらすんごい笑われるし……あんたと一晩一緒にいればわかるとか、わけのわからないこと言われるし……なのに、全然治らなくて――むしろ、どんどん変になるし…………だから、お願いだから放っておいてよ……！」

崋山は、潤んだ目で自分をにらみつける翠簾の整った顔を、時を忘れたように見つめた。

やがて、その言葉の真意がゆっくりと脳裏に伝わった途端、初めてこの女を見た時よりも更に強い衝動が、腹の底から込み上げてきた。それが、耐え難いほどの劣情と入り混じり、体中の血管という血管を埋め尽くしていく。

この女を自分だけのものにしたいと思った。

この白い肌を、誰《だれ》にも触れさせたくない。わずかに色味の違うこの気高く美しい双眸に、自分以外の何者をも映したくない。いっそ、どこかに閉じ込めてしまいたい。誰の眼にも触れさせないようにして、飽きるまで貪《むさぼ》り尽くしたい。その笑顔を、怒った顔を、泣き顔さえも、永遠に自分一人のものにしたい。

まるで濁流のような激情の波に呑《の》まれ、身動きどころか、呼吸すらまともに出来なかった。

「……崋山？」

いつまでも返事がないことを不審に思ったのか、翠簾が戸惑ったようにその名を呼ぶ。

崋山は乾いた唇で「——悪い」と告げた。

「え……？」

「さっきの発言《アレ》、守れそうにないわ」

怪訝《けげん》げな眼差《まなざ》しで自分を見上げる翠簾に薄く笑い、その身を深く抱きしめる。腕の中で翠簾が息を止めるのがわかった。

愛おしかった。

喰らいたい、犯したいと思う以上に、愛しくて堪らない。

強張った翠簾の耳元に口付けし、その絹のような髪に顔を埋める。甘酸っぱいような花の香りが胸に沁みわたる。

「……今、すげえ、おまえを喰らいたい」

胸の奥底からこぼれるように出た己の言葉が、確かな熱を孕《はら》んでいるのがわかった。

※

崋山の両腕に抱きしめられた瞬間、翠簾は自分の心臓が止まったような気がした。

否《いな》、心臓だけでなく呼吸も、時の流れすら止まった気がした。

身体の下で寝台がぎしっと音を立てる。自分の上にある崋山の身体の重さと、確かなぬくもり、そして耳元に届く息づかいに顔がかぁっと赤らんでいく。崋山に口づけられた左耳と、髪の一部が燃えるように熱い。

真っ白になってしまった頭で翠簾がしきりに狼狽《ろうばい》する。

今までであれば、崋山がこんな真似《まね》をしてきたら、即、緊箍呪を唱えていた。こんな風に顔が赤くなることも、胸が高鳴ることもなかった。

なのに、今は――――。

ようやく、翠簾にもそのわけが理解出来た。答えはそう、ひどく簡単で、こんなにも近くにあったのだ。

（あたし………もしかして……崋山のこと――）

身じろぎ一つ出来ないでいる翠簾に、崋山がその上半身をわずかに起こす。翠簾と目が合うと、ふっと笑った。そして、

「おまえ、俺のもんになれよ」

と告げる。

十年前に出会った時と同じ台詞《せりふ》だった。あの時もこんな風に崋山に組み敷かれていた。ただ、あの時の崋山はこんな表情はしていなかった。こんな――胸が軋むほどやさしい笑い方をするような男ではなかった。何より、翠簾自身、己を弄《いじ》り喰《く》らおうとする妖魔《ようま》に、嫌悪と憎しみしか抱いていなかった。

でも、今は――。

翠簾が自分を見下ろしている崋山の両目を真っ直ぐに見やる。斜め上の壁に開いた格子窓から差し込む月明かりが、崋山を照らしている。青く透き通った月明かりは、しかし冷たくは感じられなかった。むしろ、包み込むように温かい。

翠簾が薄く微笑《ほほえ》む。

「――……違うわ」

心臓は相変わらず破裂しそうだったが、思っていたよりちゃんと声が出た。それでも、普段より上ずった声で崋山に、逆でしょう、と告げる。

「逆？」

翠簾の言葉に崋山が首を傾げる。その顔を真っ直ぐに見上げて翠簾があえて傲岸に告げる。

「ア、ア、アンタがあたしのもの、に、な、なるのよ」

「‼」

「生涯、あたしの隣であたしの為《ため》に尽くしなさい」

頬を赤く染めた顔で翠簾が命じる。崋山が驚いたような顔になり、それからくくくっと喉《のど》の奥で嗤《わら》った。そして、

「……やっぱり、おまえはおもしれえな」

そう告げ、翠簾の左目にそっと口づける。そのまま、目の下、頬、唇の脇とだんだんに位置を下げて口づけを降らせていく。

やがて、翠簾の唇に崋山のそれが重なる。最初は軽く触れ合うだけだったそれが、徐々に深く舌を絡めていく。

破裂寸前だった翠簾の心臓が、いつしか静かに鼓動を刻んでいた。代わりに、目の前が、頭の奥が——しびれたように真っ白になっていく。身体の芯から溶けていくような感覚だった。麻痺《まひ》したように寝具の上に投げ出された翠簾の手を、崋山が強く握りしめる。やがて、翠簾の唇から離れた崋山が、熱っぽくささやいた。

「心配しなくても、二度と離れたりしねえよ」

そう告げ、その額にやさしく口づける。

「――おまえは俺《おれ》のもんだ」

その言葉に、翠簾が今にも泣き出しそうな笑みを浮かべる。再び翠簾の唇に崋山のそれが深く重ねられた――――その時、

「そこまでだ」

「!?」

苛立《いらだ》ちを湛えた低い声音に翠簾がびくりと身を強張《こわば》らせる。その胸の上で崋山が鈍い悲鳴を上げて、跳ね上がるように身を起こした。

「痛っ……！　なんだ、この犬は!!」

慌てて視線をやると崋山の左肩に、真っ白な毛並みをした神犬が喰らいついている。崋山が本気で払い落そうとしても、びくともしない。

「哮天犬《こうてんけん》……！」

ぎょっとその名を呼び、翠簾が慌てて身を起こし周囲を見まわす。すると、入口の木戸の前に見慣れた姿があった。

薄暗い部屋の中にあっても、尚光《なおひか》り輝く美貌《びぼう》――。

翠簾の師父・顕聖二郎真君が、ひどく不愉快そうにこちらを見すえている。

「『七年、男女不同席、不共食』――男女七つにして寝食を同じゅうせず。私の弟子から離

れろ、色魔」

「……師父……」

どうしてここに、と翠簾が半ば呆然《ぼうぜん》とつぶやく。

「!?　師父だと?」

肩に喰らいついた哮天犬を剝がそうと悪戦苦闘中の崋山が、露骨にその顔をしかめ、翠簾の視線の先を見やる。そして、更に顔をしかめた。

「——またてめえか……派手バカオヤジ」

「生憎《あいにく》だが、下衆妖魔よ。私はバカでもオヤジでもない」

氷のように冷ややかな顔でそう告げ、二郎真君が紫色の袖口《そでぐち》に触れる。すると、崋山の肩に喰いついて放れなかった犬が、すうっと吸い込まれるように袖口に戻って行く。

眉をひそめ肩を押さえる崋山に、二郎真君が冷ややかに告げる。

「十年前からまるで進歩というものがないな。相変わらず下劣で浅ましいその面《つら》、正視に堪えん」

自由になった崋山が忌々しげに舌打ちする。

「うるせえよ。そんなことより、いつからいやがったんだ、てめえは……」

両目に剣呑《けんのん》な色を湛えた崋山が、寝台の上に片膝を着いた格好で、二郎真君をにらみつける。そんな彼を、二郎真君は二郎真君で、いっそ氷のような眼差しで受け止めた。

「下界に着いたのは、たった今だ。でなければ、貴様の汚らわしい唇が我が弟子に触れる前に、おまえを無数の肉片に変えていた」

「仙人が堂々と殺戒破りを宣言するなんざ、どんだけ弟子バカだよ？」

　崋山がせせら嗤う。

「ババァに知れたらキツイお仕置きが待ってるぜ」

「貴様と一緒にするな。俺は伯母上の手のひらの上で踊るどこかのアホ猿とは違う」

　それこそ汚物でも見るかのように崋山を見やって、二郎真君が告げる。

「んだと？」

　さすがに、崋山の顔つきが変わる。

「もういっぺん言ってみろ」

「頭だけでなく耳まで悪いのか。嘆かわしいことこの上ないな」

「殺す」

「やってみろ。下賤《げせん》な妖魔が」

　闇《やみ》の中、両者が冷ややかににらみ合う。

　一触即発のその状態に、呆然としていた翠簾がにわかに我に返り、寝台から飛び降りる。

　こけつまろびつ師の前の床に叩頭《こうとう》した。

「……ご、ご無沙汰《ぶさた》しております。師父――」

それに、二郎真君が視線を崋山から弟子に向ける。

途端に冷淡な顔がこの上なく緩み、弟子向けのドロ甘の表情になる。叩頭する翠簾の腕をつかんでやさしく抱え起こし、

「すぐに助けに来れず、すまなかった……伯母上にきつく止められていてな」

一転して、蕩《とろ》けるような甘い声音で告げる。

「なんだよ。偉そうなこと言って、やっぱりババァが怖いんじゃねえか」

崋山が脇から茶々を入れる。二郎真君を挑発するように、いかにも憎たらしい表情をしている。二郎真君はそれを完全に無視し、翠簾の顔を見やった。

「……ずいぶんと痩せたな。翠簾」

「師父……」

師父の慈しみに満ちた眼差しに、翠簾がわずかに涙ぐむ。百眼魔王のこと――、と告げると二郎真君の美貌が苦しげに歪《ゆが》んだ。

「――嘘を吐いてすまなかった」

「…………」

「おまえの中にある怨讐が、いつかおまえをダメにするような気がした。それで、死んだと言った。仙境にいれば、もう交えることもあるまいと……安易だった。さぞや、私を恨んだだろう」

翠簾が無言で静かに首を横に振る。そして、小さく微笑んでみせる。

「師父が貧道《わたし》を想《おも》ってくれたことです。恨んでなどおりません」

その答えに、二郎真君がまぶしそうに両目を細める。そして、強くなったな、と告げる。

翠簾は照れてうつむいた。

(強く……なったのかな？　あたし……)

だとしたら、それは――。

翠簾が肩越しにチラッと寝台を振り返る。そこにこの上なく不機嫌そうな崋山の顔があった。

目が合うと急に恥ずかしくなり、もじもじと顔を逸らす。頭上で二郎真君が「――……これは、まずいな」とつぶやいた。

「……え？」

翠簾が顔を上げると、その先に師父の憂いを帯びた眼差しがあって、自分をじっと見つめていた。美しい眉間に深く寄ったしわが、その内心の憂慮を表しているようで、翠簾が不安になる。

「師父――？」

何がまずいのか、と尋ねようとすると、崋山の苛立った声がそれを遮った。

「オイ、いつまでいるつもりだ。派手オヤジ」

心底鬱陶しそうな顔で『しっしっ』と手で払う動作をする崋山に、二郎真君が冷ややかな眼差しを向ける。

「貴様に言われるまでもない」

そう告げ、翠簾の手首をつかむと、それを強く引いた。

「来なさい。翠簾」

「？　来なさいって……師父？　ちょ、待って――」

二郎真君が戸口に向かうのを見て、慌てた翠簾が足に力を入れる。その場に踏みとどまろうとする翠簾に二郎真君が振り返る。

「どうした？」

「師父こそ、こんな夜更けにどこへ行くおつもりですか？」

二郎真君の問いに、翠簾が逆に問い返す。すると、師父は「仙境に決まっているだろう」と告げる。

「ええ？　でも――」

驚いた翠簾が、まだ善行を積み終わっていない旨を伝えようとすると、二郎真君がそれを阻んだ。弟子向けの激甘な顔ではなく、真面目な顔で告げる。

「それはもういい。元々、私はこの罰には反対だったんだ。今度の一件で、それを痛感した。もう一刻だって、可愛い弟子をこんな危険な場所に置いておけるものか。――伯母上に直訴しても、連れ戻すことにした。ことと次第によっては、玉帝《おじうえ》に間に入ってもらってもいい」

その言葉に、崋山が「……ああ？」と反応する。

寝台から飛び降りた崋山が、翠簾の肩に手を置き、二郎真君をにらみつける。

「何、勝手なことぬかしてんだよ」

「――その汚い手を我が弟子の肩から除《の》けろ」

二郎真君もまた、氷のような顔で崋山をにらみつける。

二人の間でオロオロした翠簾が、崋山と師父を交互に見やる。

「てめえが、その手を離せ」

崋山が傲岸《ごうがん》に言い放つ。その手がぎゅっと翠簾の肩に食い込む。

「コイツはもう俺のもんなんだよ」

「はっ、貴様のものだと？　これだから低能な妖魔は困る」

二郎真君が崋山の言葉に冷ややかな嘲笑《ちょうしょう》を浮かべる。翠簾の手首をつかんだ指に、ぐっと力がこもる。

「翠簾は私の弟子だ。貴様のものなど、片腹痛いわ」

「なんだと、このクソオヤジ」

「貴様にオヤジ呼ばわりされる筋合いはない」

両者が翠簾を間に、にらみ合う。どちらもこれ以上ないほどに不愉快な顔をしているのが闇間にもわかる。

（ど……どうしよう…………）

戻る戻らない以前に、

（……めちゃめちゃ痛いんだけど……）

両者の間で翠簾が冷や汗を垂らす。

このまま、一斉に引っ張られたら、確実に身体が千切れる。

ぞっとした翠簾が無理やり作った笑顔で二人を宥める。

「お、落ち着いてください、師父。ね？　崋山も落ち着いて――」

無意味に両手を動かして、冷静になりましょう、と告げる。

だが、二人とも冷静になるどころか、各々の手にますます力をこめてくる。

「さっさとその手を離せ、色魔」

「てめえが離せ、弟子バカ。そして、その瞬間に息絶えろ」

「まあまあ………」

何とか翠簾が取り成そうとすると、二人の視線が同時にギンとこちらを向いた。その迫力に、思わずうっと身を強張らせてしまう。

「――翠簾、おまえからも言ってやれ。金輪際、その醜いアホ面を見せるなと」

「――オイ、てめえからこのバカオヤジに言え。さっさと伯母上様のところに戻って、二度と帰ってくんなってな」

ほぼ同時に告げ、再び「なんだと?」「てめえがなんだ」とにらみ合う。仲が悪いくせに、絶妙に息がぴったりだ。翠簾は半ば呆《あき》れ返った。

だが、更に二人が手に力を込めてきたので、「痛い、痛い!!」と遂《つい》に声に出す。

すると、慌てたように、

「すまない」

「悪い」

と同時に手を離す。そして、再びにらみ合った。いい年をこいた立派な仙人と大妖が、まるで子供のようだと、翠簾は呆れるのを通り越しておかしくなる。

「はい、はい」

と両者の間に割って入る。互いの胸に手のひらをやって、無理やり距離を取らせ、師父と崋山を交互に見やって、いい加減にしてください、と告げる。

「あたしのことなんだから、あたしが決めるわ——」

その上で、まっすぐに二郎真君を見上げる。

「ゴメンなさい、師父。貧道《わたし》、まだ帰れません」

笑顔で、しかしきっぱりと告げる。

「…………今、なんと言ったんだ? 翠簾」

長い沈黙の後で、二郎真君が信じがたいという面持ちで尋ねてきた。必死に冷静なふりをしているのが、その上ずった声音でわかる。

ざまぁ見やがれと嘲笑する崋山を、ちらりとにらんでから、翠簾が改めて師父に深く叩頭してみせる。

「崋山が残った善行を積み終えるのを、ちゃんと見届けます。その上で、晴れて千二百個になったら、堂々と仙境に戻ります」

「翠簾………」

二郎真君がいつになくうろたえた表情を見せる。

「途中で帰ったら、何か差し障りがあるのではないかと心配しているのか？　ならば大丈夫だ。私が上手く取り成すから――」

懸命に弟子を説得しようとする二郎真君に、違うんです、と翠簾が頭を振る。

照れくさそうにはにかみながら、師父に向け、にっこりと微笑む。

「――貧道《わたし》、今、毎日がとても楽しいんです」

「…………………」

呆然としていた二郎真君が、やがて天を仰ぎ、

「……それが、おまえの望みなのか」

淋《さび》しげな声で告げた。なんとも無念そうな響きがこめられていた。

その後、頭を戻し翠簾を見やった二郎真君は、ひどく静かな表情をしていた。その愁いを帯びた瞳《ひとみ》をそっと緩める。

「わかった。今回は私が間違っていたようだ」

「師父……」

「私はおまえの師父として、遥《はる》か仙境の地から、おまえが無事、役目を遂げるのを見守ろう」

翠簾が二郎真君の両目を見つめ、心からの笑顔で、ありがとうございます、とつぶやく。

二郎真君はそれに軽く肯《うなず》いて見せると、がらりと冷ややかになった両目で、じろっと崋山をにらんだ。

「――以前にも言ったが、私の弟子は嫁入り前の身だ。今度、いかがわしい真似に及んだら、緊箍児を別の場所に付け替えるぞ」

底冷えのするような声音でそう告げ、来た時と同じように煙のように消えた。

「別の場所って……上品ぶった仙人の言うことじゃねえな」

嵐《あらし》が過ぎ去った後のように静まり返った部屋で、崋山が呆れたように告げる。

そんな崋山の脇を通って、翠簾が寝台にひょいっと腰を下ろす。

「あーあ……なんかくたびれちゃったわね」

そう言って自身の肩をトントンと叩《たた》く。

「二人ともバカ力なんだから。──ねえ、崋山。ちょっと、肩揉《も》んで」

「ふざけんな。誰がそんなもん揉むか」

崋山が呆れた顔で、翠簾の頬をぐにっと引っ張る。地味に痛い。翠簾が赤くなった頬を手のひらで覆いながら、何すんのよ、と唇を尖《とが》らせる。

その顔をやれやれと言うように見つめていた崋山が、その表情と声音をかすかに硬くし、尋ねてきた。

「おまえ……本当によかったのか？」

帰りたかったんだろ、と続ける崋山に、翠簾が「そりゃ、帰りたいわよ」と告げる。

十年前の自分だったら、迷うことなく師父と共に仙境に戻っていただろう。

でも、今は────。

翠簾が崋山を見上げる。

「──言ったはずよ」

そっと、崋山の月色の瞳に映っている小さな自分を見やる。まるで目の前を覆っていた霧が晴れたように、視界が澄みわたっていた。

灰色の眼球が、初めて己を責めることなく見返してくる。それに気づき、翠簾の口から思っていたよりずっとやわらかな声が出た。

「生涯、あたしの隣であたしの為に尽くしなさい」

「…………」

崋山がまじまじと翠簾を見つめる。

言った後で急速に恥ずかしくなった翠簾が、耳まで真っ赤になった顔で、人差し指をビシッと崋山の眼前に突きつけ、言い放つ。

「言っとくけど、純粋な労働として尽くすのよ？　荷台を引く馬のように働くのよ？　離してなんかやらないいんだから、覚悟しなさい」

「…………くくく」

崋山の顔が笑み崩れる。そのまま、高い声でひとしきり笑うと、翠簾の腰かける寝台の前に近づき、腰をかがめるようにその顔を近づけてきた。

「言われなくても逃がさねえよ」

両目を細めた顔でそう告げると、嫣然《えんぜん》と嗤う。

「俺の方こそ、言ったはずだぜ？」

「…………」

狡猾《こうかつ》で、妖《あや》しく、高慢で、退廃的で――けれど他人を惑わして止まぬほど艶《あで》やかなその笑顔に、翠簾が思わず見惚《みほ》れる。

それに崋山が唇の端を吊《つ》り上げ、翠簾の身体を寝具の上に押し倒す。我に返った翠簾が身を強張らせる前に、崋山の唇が降ってくる。

「おまえは俺のもんだ」

ささやくように告げられたその言葉に、翠簾が目元を赤く染める。

格子窓から降り注ぐ月明かりは、相変わらずひどく温かかった。

終章

翌日の昼下がり、二人は喬師弟や酒家の姉妹に見送られ、阿南の街を後にした。

『近くをお寄りの際には、必ずお立ち寄りください』

父親との話し合いは決裂に終わったと言うが、白秋の顔はむしろすがすがしかった。

『――これから、何度も話し合うつもりです』

と笑った顔は、明るかった。

小喬も春麗も、紅麗も、二人の姿が見えなくなるまで手を振って別れを惜しんでくれた。

ひたすらに続く街道を月豫国の城下へと歩きながら、翠簾は隣を歩く崋山をおそるおそる見やった。崋山はむっつりと黙りこくっている。その横顔は明らかに機嫌が悪い。

「い……いい天気ね！　ほら、空があんなに青いわよ、崋山」

翠簾がわざと明るい声で陽気に告げるが、崋山は見向きもしない。不機嫌を絵に描いたようなその顔に、すれ違った商人が慌てて道の端に荷台をずらしたほどだ。

（……相当、怒ってるわね……）

翠簾が引っ込みのつかなくなった笑顔をひきつらせる。

——昨晩、二郎真君が帰った後、『おまえは俺のもんだ』と言われ、口づけられたところまでは記憶がある。

だが、気づけば格子窓から燦々《さんさん》と朝日が降り注いでおり、翠簾は寝台の上で布団に包《くる》まるようにして眠っていた。慌てて起き上がると、横で胡坐《あぐら》をかいている崋山と目が合った。

『よお。ようやくお目覚めか』

『も……もしかして……』

咄嗟《とっさ》にあらぬ想像をした翠簾が、赤らんだ顔で道服の上から自身の身体を抱く。ドギマギと告げる。

『あの……あ、あたしたち…………』

すると、崋山がこれ以上ないほど冷ややかな声で告げた。

『どこの酔興が、涎垂《よだれ》らしてぐーぐー眠ってる女を抱くんだ。アホ』

『え……』

ぽかんとする翠簾の鼻の頭を崋山がぎゅっとつまみ、忌々しげに舌打ちした。

『あんな色気の欠片《かけら》もねえ寝顔を見せられて、誰がその気になるか。死ね』

……というわけで、それ以後、崋山の機嫌はすこぶる悪い。元々、無愛想で万年不機嫌な顔つきの男だが、それが五割増しほどにひどくなっている。

最初は行く道々で機嫌を取っていた翠簾も、次第に腹が立ってきた。

確かに、そういう最中に眠ってしまったのは我ながらどうかと思う。正直、恥ずかしくて穴があったら入りたいぐらいだ。だが、涎を垂らして熟睡していたぐらいで、死ねとまで言われる筋合いはない。

（何よ、ちゃんと謝ったじゃない……）

翠簾が、未《いま》だ不機嫌な顔をしている崋山をにらみつける。

「いつまで怒ってんのよ!?　いい加減、機嫌直しなさいよ！」

崋山は無言で翠簾を一瞥《いちべつ》すると、ふんと顔を逸らせた。それに遂に怒り心頭に達した翠簾がプッツンとキレる。

「何よ、その態度！　もう、アンタなんか知らないわよ！　フンだ!!」

互いに顔を背けながらツンツン歩いていると、背後から若い娘の声がした。

「失礼ですが、翠簾様に、崋山様ではありませんか……？」

振り返ると、以前に妖魔から救った旅芸人一座の娘が立っていた。背後に、彼女の祖父で座長の老人や、他の座員たちの姿もある。

「お久しぶりでございます。まさか、こんなところでお会い出来るとは――」

翠簾は瞬時に、膨らませていたほっぺをすっと元に戻し、いかにも仙女らしい笑みを作った。

「本当に奇遇なことですね。蔡陵国での興行はいかがでしたか？」

穏やかな声音で尋ねる。崋山が『ケッ、この詐欺師女が』という顔で見ているのがわかったので、素早くその足を踏みつける。

崋山が渋い顔で鼻の頭にしわを寄せたが、すっかり翠簾に傾倒している一座の面々は気づかない。翠簾の笑顔にうっとりと見惚れている。

座長の老夫が前に出て来て、深々と叩頭した。

「つつがなく興行を終えることが出来ました。何もかも、お二方のお陰でございます」

翠簾がやさしく老夫を助け起こす。

「無事に興行を終えられ、何よりです。ところで、皆さんはこれからどちらへ？」

「私どもは、このまま月豫国の城下街に向かう予定です」

祖父に代わって孫娘が答える。

「阿南の街で一度、興行をとも思ったのですが、やはり城下街の方が実入りがよいので」

「そうですか。では、城下までご一緒いたしましょう」

翠簾がにっこりと微笑んで告げると、一座の皆がわあっと沸いた。「本当でございますか？」「それは心強い」と手放しに喜んでいる。

翠簾はいかにも穏やかな眼差しでそれを見つめていたが、内心では、

（……ふう。これでとりあえず、気まずい旅路は回避出来るわね）

そんなことを考えていた。

その後、翠簾が彼らと談笑しながら歩いている間も、崋山は不機嫌そうだったが、孫娘に話しかけられると、面倒臭そうにだが彼女を見やった。そして、薄く嗤う。

「――フン。今日は、ババァじゃねえんだな」

これには礼儀正しい孫娘も眉《まゆ》をひそめ、訝しげな顔で崋山を見つめた。もっとも、すぐに元の表情に戻り、

「……なんのことでしょうか?」

と小首を傾《かし》げてみせた。崋山はすでに興味を失くしたように、孫娘から視線を逸《そ》らせている。説明もなければ、弁明もなしだ。

(ババァ? 西王母様のこと……?)

気になった翠簾が崋山の袖《そで》をくいっと引き、皆に聞こえぬよう小声で尋ねる。

「(どういうことよ?)」

「(…………どうでもねえよ。忘れろ)」

崋山が眉間《みけん》にしわを寄せたまま、乱暴に告げる。

何をいつまでもぐちぐちと怒っているのか――と腹が立ったが、よくよく見るとその顔は怒っているというよりは、どこかバツが悪げだった。それが忌々しいのか、ガシガシと頭を掻《か》いている。

それにますます興味を引かれる。

（そういえば、崋山と西王母様って、どういう関係なのかしら？）

十年前、瑶池《ようち》の玉間にて師父が西王母に尋ねた際には、

『――ああ。昔、ちょっとな』

と思わせぶりなことを口にしていた。

仙境を統べる仙女と、霊元山の頂に塒《ねぐら》を構える大妖――。

（二人を繋《つな》ぐものって、何？）

むーっと考えている内に、ふとある考えが脳裏に浮かぶ。

（まさか……昔……こ、恋人同士だったとか……？）

まさか、と思いつつも、西王母の愉《たの》しげな様子を思い浮かべ、不安になった翠簾ががばっと天を見上げる。

そこには、どこまでも青く澄んだ空が洋々と広がっていた。

※

「――フン」

そんな下界の様子を、遥か仙境の地から眺めている者があった。

西王母——その人である。

まばゆいばかりに玉石が散りばめられた巨大な玉座に小さな身体を納め、ごく内輪の酒宴に杯を傾けていた。

どんな仙術を施したのか、手にした杯の水面には、なんともいえぬ顔で天を仰ぐ翠簾の姿が映し出されている。

西王母の白い手が杯を揺らすと、中の翠簾もゆらゆらと揺れた。

「どうやら、儂《わし》と崋山《アヤツ》の関係が気になるようじゃの」

西王母が、向かいの卓で酔《よ》い潰《つぶ》れている彼女の外甥《おい》に告げる。

「ああいうのに限って、意外に嫉妬深《しっとぶか》いかもしれんぞ」

「………よしてください」

両肘《りょうひじ》をだらしなく卓についた格好で、二郎真君が憮然《ぶぜん》と告げる。西王母がニヤニヤと嗤う。

「しかし、よりにもよって儂とアレが恋人同士とは……くくく……崋山ではないが、飽きぬ娘よのう」

のう、二郎神《じろうしん》、とわざと愛称で呼び、甥を見やる。二郎真君は端正な顔を歪め、フンと鼻を鳴らしてみせた。酒気を帯び、ほんのりと赤く染まった頬で、忌々しげに告げる。

「あの胸糞悪《むなくそわる》いアホ猿のことでしたら、聞きたくありません」

「そろいもそろって同じことを言うのう。おまえらは」

西王母が小さな顎《あご》に手をやって愉快げに両目を細める。涼やかな双眸《そうぼう》に施された朱色の縁取りが、なんとも意地悪げに吊り上がる。

「いっそ、友情を育《はぐく》んでみてはどうじゃ？　存外に気が合うかもしれんぞ？」

「やめてください。汚らわしい」

二郎真君が心底嫌そうな顔で眉をひそめる。そして、再びうなだれると、ぐずぐず鼻を鳴らした。

「ああ……翠簾が――私の可愛い弟子が……眼《め》の中に入れても痛くないほど可愛がってきたのに………」

「溺愛《できあい》していた割には、弟子をほっぽらかして様々な女人と関係をもっておったようだが」

「うるさい！　ほっといてください!!」

西王母がすっかり出来上がった甥の額を、孔雀《くじゃく》の羽のついた扇でコンと叩く。

「意外に絡み酒だのう、おまえは。伯母に向かって『うるさい』とは何事じゃ」

「……なんであんな奴《やつ》なんか……私の方が百倍――否、千倍は良い男なのに……」

二郎真君が西王母の叱咤《しった》も耳に届いていない様子で、金色の杯をわなわなと握りしめる。中の酒が揺れて黒曜石で出来た玉卓にこぼれ落ちる。

普段が泰然自若とした男なだけに、ここまで荒れるのは珍しい。

西王母が憐《あわ》れみを込めたまなざしを甥に向けた。

「女々しいぞ、二郎神。いつまでも、振られた女のことをぐずぐず嘆くでない」

「振られてません!!」

二郎真君が酒で赤くなった顔を上げ、断じて自分は振られていない、と言い張る。

「よりによって、あんな汚らわしい色魔に騙《だま》されるなんて……なまじ、男を知らないばかりに……ああ……」

二郎真君が大仰な動作で頭を抱え込む。

「そう言うな。崋山《アレ》はアレで、なかなか見どころのある男ぞ」

西王母が肴《さかな》の仙桃に箸《はし》を伸ばす。薄く切られた桃は、ところどころ赤みががり、上質な刺身のようだった。ふるふると震えるそれを、この上なく優雅な箸使《はしづか》いで口に運ぶ。こくりとそれを飲み込んで、小さな貴人が告げる。

「なにせ、儂と玉帝が取り合ったほどの妖魔だからの」

「——取り合う？　伯母上と伯父上が？」

頭を抱えて卓の上に突っ伏していた二郎真君が、にわかに顔を上げる。そして、さも嫌そうに尋ねてきた。

「……伯父上は……そういう趣味がおありなのですか？」

「アホか」

西王母が再び扇の先で甥の額を小突く。

「そういう意味で取り合ったのではない。どちらがあの妖魔を懐柔し、手元における競ったのじゃ。ほんのお遊びじゃがの」

「また、そんな悪趣味な真似を……」

二郎真君が嫌そうな顔でつぶやく。

「そういうことをするから、御人が悪いと言われるんですよ」

西王母が軽く嗤って、自身の背丈のゆうに二倍はある白い髪に指を這わせる。戯れにそれを梳《す》きながら告げた。

「我が夫は、アレに天界の西方将軍職を用意し、儂もまたそれと同等以上の位を仙境で用意した。だが、アイツはどちらも鼻で嗤いおった。『退屈だ』とな」

「…………」

「要は、どちらも負けたのじゃ。だが、儂が霊元山に用意した塒《ねぐら》だけは気に入ったようでな。辛くも儂が夫を下したというわけよ。まあ、辛勝じゃ。――ほら、おぬしも喰え」

西王母が箸ですくった仙桃の薄切りを、二郎真君の口元へ「ほれ、ほれ」と近づける。

「辛味噌《からみそ》をつけると美味《うま》いぞ」

「結構です」

適当なことを言う伯母に二郎真君が嫌そうに顔を背ける。そして、再び手の中の杯から酒をあおった。

「伯母上も、伯父上も気が知れない。あんな下賤な妖魔に、お遊びとはいえ、入れあげるなど」

「上品で取り澄ました堅物より、下賤な俗物の方が遥かにおもしろいからの」

西王母が仙桃の薄切りを食しながら、嘯《うそぶ》くように告げる。

「……どうせ、私はつまらぬ堅物ですよ」

二郎真君が不貞腐《ふてくさ》れたようにそっぽを向く。

（ふふふ。まるで、子供の頃《ころ》のような表情じゃのう）

西王母が自身の唇を軽く舐《な》め、銀の杯を傾げる。仙桃から作った酒は、馥郁《ふくいく》と甘く、脳を蕩かすほどに強い。

仙境天界すべたところで、これほどに美味い酒はそうはない。

その西王母秘伝の酒を一瓶、数日前にこっそり失敬して行った者があった。むろん、他でもない西王母がそれに気づかぬはずもなく、犯人が誰かもわかっている。

子供のように拗《す》ねる甥が愛《いと》おしく、あえて今まで口に出さなかったことを告げる。

「おまえとて、それなりにアレを気に入っておるのだろう？　何せ、顕聖二郎真君ともあろう者が、女の真似事《まねごと》をしてまで、恋愛相談に乗るほどだ。しかも、儂の酒を手土産にな」

「！！」

二郎真君が酒のせいではなく顔を赤くし、ゲホゲホと咽返《むせかえ》る。

真っ赤な舌を出し、西王母が嗤う。

「しかも、儂の振りまでしおって。儂はあんな青臭い台詞は吐かぬぞ」

「…………ゴホ、ゴホゴホ……止め……伯母う、え…………ゲホ」

「『過去に嫉妬《しっと》するのは止めろ』か。名言じゃの」

更に西王母がからかう。

二郎真君が口元を拭《ぬぐ》いながら、尚、激しく咳《せ》き込む。そして、伯母上も本当に御人が悪い、とぶつぶつ言った後で、

「……貴女《あなた》が、『弟子への手助け一切、赦《ゆる》さぬ』と言われたせいですよ。実際に伯母上の結界で翠簾には近づくことも出来なかった……あの男に近づく以外、他に方法がなかったんです……でなきゃ、誰があんな真似するものですか」

苛立《いらだ》たしげに告げる。

西王母が何も言わず、思わせぶりな含み笑いでその顔を眺めていると、少しばかり口惜しげな顔で付け加えた。

「まあ、あのまま翠簾の元に戻らぬような腑抜《ふぬ》けならば、殺戒を破ってでも殺していたところですが、自発的に戻ったのだから……まるっきり見どころがないというわけでもないだろう——ぐらいは思っていますよ」

何やらまわりくどいのう、と西王母が杯を揺らす。

「では、二人の仲を認めるか？」

「絶対に認めません」

「では、この先も、事に及びそうになる度に弟子を眠らせるつもりか？」

西王母が杯を揺らす手を止め、糸のように細めた両目を甥へ向ける。妖艶《ようえん》に微笑む伯母に、二郎真君が、ばつが悪げに瞳を泳がせる。

知らいでか、と西王母が勝ち誇ったように告げる。

「気の長いことじゃ……その内、崋山はおろか、翠簾とておかしいと気づくぞ？」

「……ぐ……っ……」

「その時、弟子はどう思うじゃろうのう。自身の情事をのぞき見する師父を――」

「情事とか言わないでください、伯母上!! 生々しい!!」

二郎真君が眉間のしわを更に深くし、自棄《やけ》酒《ざけ》をあおる。

その内、酒がまわったのか、黒曜石の卓に突っ伏すようにして眠りこけてしまった。こうなってしまうと日頃《ひごろ》の美丈夫ぶりも台無しだ。

控えていた女官たちが、「私が」「いいえ、私が」「私よ！」と先を争ってその背に衣をかけようとするのを眼差しだけで止め、西王母が玉座から立ち上がる。とことことこと何とも可愛《かわい》らしい足音を立てて甥の脇《わき》まで行き、自身が身にまとっているのと同じ銀色の衣をその背中にかけてやる。

見れば二郎真君は苦悶《くもん》するような顔で眠っている。

手塩にかけて育てた弟子を他の男に盗《と》られたことが、よほど悔しいのだろう。あたかも娘を嫁がせる父親のようだ。西王母の唇がふとほころぶ。

「愚かで可愛い甥の愚痴ぐらい、儂でよければいつでも聞いてやろう」

彼女の夫にそっくりな外甥の寝顔を愛しげに見やり、西王母が再び杯の水面に視線を落とす。

ゆらゆらと揺れる水面に、崋山と翠簾の姿が映った。

崋山の道服を引き、こそこそと西王母との関係を尋ねている。崋山の反応に一々赤くなったり青くなったりしているのが微笑ましい。ふくれて頰を膨らませたり、照れたようにもぞもぞとしたり、わなわなと震えたり、表情がコロコロと変わる。

対する崋山は表情こそ然程《さほど》変化がないが、翠簾を見つめる瞳は、ひどく穏やかで深い情愛に満ちている。

(あの始終退屈していた厭世的《えんせいてき》な男が、あんな目をするようになったか)

——今は、ほんの少しだけマシだ。

十年前に交わした会話を思い出し、西王母が感慨深く両目を細める。

『(はあ?　なにが、恋人同士だ。寝言は寝て言え)』

呆れ果てた顔で告げる崋山に、翠簾が両手をもじもじさせる。

『(だ、だって……なんか、親密だし……ババァとか言ってるわりには、なんかこう認めてるっていうか……西王母様って全体的に小さいけど、物凄《ものすご》くキレイだし)』

翠簾が言い難そうに口ごもる。

そんな翠簾を鼻で嗤い、崋山がにべもなく告げる。

『(嫉妬なら、もっと可愛く焼け)』

『(!　べ、別にこれは嫉妬とかじゃ……ないわよ!)』

翠簾が躍起になって怒る。その顔を、ふうんという表情で見つめていた崋山の唇が、ふと何事かを思いついたように吊り上がる。

『(まあ、そんなに知りたきゃ教えてやらんでもないぞ)』

ひどくもったいぶった口調で告げる崋山に、ホント?——と翠簾が顔がぱあっと明るくなる。その耳元に、ああ、と崋山がおもむろに甘くささやく。

『(今夜、閨《ねや》の中でな)』

『(っ……!!)』

真っ赤になった翠簾が震える拳《こぶし》を握りしめ、この色魔、と絶叫した———。

杯の中に、緊箍呪を唱える翠簾と頭を抱えてうめく崋山の姿が揺れる。

西王母がくくくっと喉の奥だけで笑う。

（さて、千二百の善行を積むのが先か、二郎神が諦《あきら》め二人が結ばれるのが先か――）

久しぶりに玉帝と賭《か》けでもするか、と考え、西王母の陶器のような頬がほころぶ。

（この飽き飽きするほど変わり映えのしない世界に、なんともおもしろい見世物が出来《でき》たものよ）

我ながらよい罰を与えたと自画自賛し、西王母が桜貝のような爪《つめ》の先で酒の表面に小さな波を立てる。乳白色の水面の中で、二人の姿が揺れる。

「……どちらも、良い表情をしておる」

口元だけでそっと微笑むと、仙境を統べる仙女は手の中の杯をくいっと傾げ、中に入った液体を飲み干した。


（了）

あとがき

ミズサワヒロと申します。マるでダめなオっさんを心に宿す妙齢の女性——いわゆるダメな大人の見本です。最近、生姜《しょうが》が大好きです。酒はもっと好きです。

まずは、数ある書物の中から本書をお手に取ってくださり、本当にありがとうございます。どうも、私がお話を作ろうとすると、物凄《ものすご》く暗い系ないしホラー系に心を惹《ひ》かれてしまいまして……本書は、そういったものを一切遮断（？）し、あくまで明るく臨んでみました。

さて、本書ですが『西遊記』をモチーフにしつつ、一応、ラブコメだったりします。主役二人は西遊記の要所より名前を文字っています。まあ、バレバレなのですが（笑）小柄な女性と長躯《ちょうく》の男性という組み合わせが好きなので、伯母甥《おばおい》コンビは書いていて楽しかったです。

担当さまには、始終お世話になりっ放しでした。担「次は恋愛重視でどうでしょう？」私「……え、ム、ムリです」担「大丈夫ですよ」私「いえ……恋愛はちょっと」担「いけます」私「い、いやぁ……ム——」担「やりましょう！」私「…………はい」（その自信はいずこから）いえいえ、ホント素敵な女人です。ツッコミ精神にあふれている上、このダメ女をぐいぐい引っ張って行ってくれます。時折、鵜飼《うかい》の鵜になったような気がします（笑）

また、あやうく魂魄《こんぱく》が抜けかけるほど絢爛《けんらん》たるイラストを描いてくださった高星麻子様。

最早《もはや》、私の貧困なイメージを遥《はる》かに超越していました。美し過ぎます！　まさしく花も恥じらい萎《しお》れるほどに可憐《かれん》な翠簾を拝見した時、〝傾仙〟という言葉の意味をしみじみと知りました。崋山とかもう、格好良過ぎますよ！　目尻《めじり》とか口元とか、なんという男の色気！　二郎真君も西王母も、小喬も白秋も最高です。お忙しい中、本当にありがとうございました。

　最後になりましたが、日々お世話になっているすべての方々に、心から、お礼を申し上げます。ホント、支えていただいてます。そして、何をおいても、この本を読んでくださった皆さまに、心からの感謝と深愛を送りたいと思います。皆さまのお陰で頑張れます。

　それでは、本書が皆さまの心の片隅にでも残れることを祈って――。

一月某日　ミズサワ　ヒロ

♡本書のご感想をお寄せください♡

〒101－8001　東京都千代田区一ツ橋二－三－一
小学館ルルル文庫編集部　気付
ミズサワヒロ先生
高星麻子先生

小学館ルルル文庫

天外遊戯

2012年2月29日　初版第1刷発行

著者　ミズサワ ヒロ

発行人　丸澤 滋

責任編集　大枝倫子

編集　本山由美

発行所　株式会社小学館
〒101-8001　東京都千代田区一ツ橋2-3-1
編集　03(3230)5455　販売　03(5281)3556

印刷所
製本所　凸版印刷株式会社

定価はカバーに表示してあります。

ISBN978-4-09-452216-7

第5回 小学館ライトノベル大賞ルルル賞&読者賞受賞作

「17人目の花嫁」の嫁ぎ先はホンモノの幽霊屋敷!?

侯爵家の血を引く、天涯孤独《てんがいこどく》の美少女サアラは、墓地に囲まれ夜な夜な幽霊が現れるという場所に暮らす、「幽霊伯爵」ジェイクの17人目の妻として嫁ぐことに! 彼女を待ち受けていたのは妻に無関心な夫、何故かよそよそしい使用人達。けれど、サアラはのびのびと毎日を満喫し、逆に夫を翻弄して……!? 美しく強《したた》かに、少女は恋と幸せをつかみ取る!

幽霊伯爵の花嫁

−囚われの姫君と怨嗟の夜会−

−首切り魔と乙女の輪舞曲−

ルルル文庫 大好評発売中!!

幽霊伯爵の花嫁

幽霊伯爵の花嫁−首切り魔と乙女の輪舞曲《ロンド》−

幽霊伯爵の花嫁−囚われの姫君と怨嗟の夜会−

宮野美嘉 Mika Miyano　　イラスト＊増田メグミ

ルルル文庫
来月新刊のお知らせ
3月23日(金)ごろ発売予定です。お楽しみに!

『英雄の占星術師』
華宮らら イラスト/凪かすみ

「俺と来れば、世界を見せてやる」
占星術師レヴィットに訪れた出会いは——
海洋国家レインフィールドで
華麗なる恋と冒険の幕が開く!

『封殺鬼 クダンノ如シ(上)』
霜島ケイ イラスト/也

帝華女学院に通うことになった桐子。
神職の関係者ばかりが通うこの学校に
そびえ立つ塔には何かの気配が…?

※イラストは前巻のものです。※作家・書名など変更する場合があります。